がん末期のログブック

患者になったジャーナリストが書き込んだ500日

高橋ユリカ 著

プリメド社

著者、高橋ユリカさんのこと

高橋ユリカさんは一貫して、「書く人」でした。2009年、10年がかりで東京から熊本県に通い続けて取材し、ダム政策の矛盾を追及した340ページもの力作『川辺川ダムはいらない』（岩波書店）を手にしたときにもそう感じましたが、このたび、Facebook「ユリカッチとわんこの部屋」の２年間に渡る膨大な闘病記録のプリントアウトを見たときにもそう思いました。もとより彼女はジャーナリスト、ライターですから当然と言えば当然とも言えますが、講演会等で繰り出される彼女の鋭い弁舌は「マシンガン・トーク」と呼ばれ、多くの人にはむしろ「喋る人」だと思われているふしがあります。しかしこの２年間、闘病生活を送りながら、病床でキーボードではなくiPadに指２本で400字800枚分もの文章を打ち続けたその行為はまさしく「書く人」の営みだと改めて感じたのです。

ユリカさんと初めて会ったのは35年前、女性雑誌を出版している出版社の入社試験の面接のときでした。まだワープロもなく、原稿用紙に手書きで文字を書いていた時代です。晴れて二人とも入社がかない、ユリカさんは10年ほど女性誌の編集者として勤めた後にフリーとなりました。得意の英語をいかして海外取材なども精力的にこなしていましたが、1992年、35歳で大腸がんになり大腸を20センチも切除します。手術後の抗がん剤の副作用に苦しみつつ、彼女が著したのは『キャンサー・ギフト　ガンで死ななかったわたしから元気になりたいあなたへ』(1995年　新潮社）という一冊でした。患者にとっての「癒し」とは何かを明らかにしていく過程で出合った、代替医療の現場や当時のアメリカの最新情報などを紹介し、話題になりました。

さらに1998年、彼女はアメリカや日本各地の現場を訪ね、病気を治すことの意味を問い直すルポルタージュ『病院からはなれて自由になる』（新潮社）を上梓します。そして2001年、『医療はよみがえるか－ホスピス・緩和ケア病棟から』（岩波書店）で、全国各地のホスピス・緩和ケア病棟を訪れ、医療と対峙するさまざまな立場の人の姿を紹介します。

そんな形で医療ジャーナリストの道を進んだユリカさんでしたが、老人介護先駆の村、熊本県相良村の取材がきっかけで、その地元の川辺川ダムの建設問題に関心を持ち始め、冒頭に記した『川辺川ダムはいらない』の取材、執筆に10年を費やすこととなりました。しかしそのダム取材の最中の2006年、ユリカさんは今度は乳がんになります。まだFacebookもなかった時代、その闘病の様子は時折の面談や電話で察せられる程度でしたが、ステージはIIIa、抗がん剤と放射線の後に手術という治療は相当にハードなものだったと思われます。

ダム取材と闘病で疲れ果てていたはずのユリカさんはしかしまた、新たな課題に向かって立ち上がっていました。自宅に近い、東京・下北沢駅の跡地問題です。「下北沢フォーラム」、「小田急線跡地を考える会」の世話人を経て、2011年には市民グループ「グリーンライン下北沢」（現在はNPO）の代表として、「まち」を未来の世代に引き継いでいくための活動を始めたのです。

ところが2012年、彼女は三度目のがん－今度は子宮頸がんにかかってしまいます。その闘病記がこの書にまとめられました。ただの闘病記ではありません。Facebookにリアルタイムで投稿しているという点で今日的ですが、私たち友人が情報を共有した上で、彼女を励まし、知恵を出し合い支えている、という状況も今の時代ならではの新たな支援のかたちを示しています。

痛いときも苦しいときもめげずにユリカさんはiPadに打ち続けました。医療ジャーナリストならではの食事の工夫、主婦の視線で綴る暮らしの楽しみ、がん末期の人とは思えないバイタリティで実現させた旅行のエピソードなどなど……。私たち「ユリカッチとわんこの部屋」の仲間は、そういったがん患者の本音に付き合い、病状や感情の起伏に一喜一憂し、ユリカさんを通じてお互いに面識はなくても一つのご縁で結ばれました。そのご縁が読者のかたにも広がり、ユリカさんの気持ちに寄り添うことで何かが得られますように、と願ってやみません。

「ユリカッチとわんこの部屋」の友人　　福光阿津子

この本について

　ジャーナリストである高橋ユリカさんは、3度目となるがんの治療・療養の様子をFacebookを使って発信していました。本書は、その投稿内容を本人のiPadからデータを取り出し、まとめたものです。

「ユリカッチとわんこの部屋」と名付けられたFacebookのクローズドなグループサイトには、30人ほどのユリカさんの友人がメンバーとして参加し、主にユリカさんが発信し、それに対してメンバーがコメントを返すというやりとりが続いていました。

　ユリカさんの発信する情報は、料理や食事や植物、アート、建築などお気に入りの話題や自分が代表をつとめる地域の市民活動グループ「グリーンライン下北沢」の話題もありましたが、ほとんどは自分の病状や受けた治療や検査についての克明な報告でした。多いときは1日に何度もリアルタイム実況のような書き込みが続きました。そして、その報告の合間合間にがん患者としての気持ちを素直に吐露してきました。しかもジャーナリストらしく自分の病気を他人事のように客観的な視点で見つめ書き込みを続けました。

　いかなるコンディションにあっても発信し続けたユリカさんの投稿記録を時系列に並べて読むと、がん患者が受ける苦痛が具体的に表現されており、がん患者の絶えずゆれ動く気持ち（落ち込んだとき、怒ったとき、泣いたとき、くじけたとき、前向きになれたとき、最後は受け容れて覚悟を決めたとき）がそのままストレートな訴えとなっています。亡くなる2ヵ月前、ユリカさんはこの投稿記録を本にまとめることを希望しました。そこで、ユリカさんの思いを受けて「ユリカッチとわんこの部屋」のメンバーでまとめる作業を開始しました。

　当初、公開しないつもりだったため私的な内容もありましたが、がん患者の視点で書かれたユリカさんの書き込みは多くの方に役立つ情報です。そのため、ごく私的な内容とグループメンバーの“コメント”を割愛し、まとめることとしました。ただ私的なことながらユリカさんの家族であるご主人のタカハシ氏と一人息子のユースケ君に対する思いが述べられている部分は、一部を掲載することにしました。

こうして膨大な書き込みから掲載する内容がまとまり、ユリカさんは目次と写真を確認することができました。上述しましたように割愛した部分があるとはいえ、本書はユリカさんの投稿時の表現そのままを反映したものです。言葉遣いや文字遣いもできるだけ投稿時のまま（“がん”や“ガン”が併記）で、写真もユリカさんが写っているもの以外は、ユリカさん自身が撮影し投稿したものです。ユリカさん以外の手が加わったのは、明らかな誤字・入力ミス等の修正、割愛した部分をつなぐために加えた接続詞程度です。できるだけ投稿した時点のユリカさんの率直な表現を活かすことを心がけました。

ただ、どうしても背景がわからないと意味が理解できないと思われるところはグループメンバーが注釈を加えました（［　　］内の明朝体の書体）。また、読者が見やすいように見出しもつけました。この見出しもユリカさん自身の表現をそのまま活かしたものです。

何事も書かずにいられないというユリカさんの性格のおかげで、貴重なリアルタイムの闘病記録にまとまりました。苦痛と闘いながらも時にユーモアを交えたユリカさんの記録文をお読みいただけると幸いです。

2014年9月

「ユリカッチとわんこの部屋」メンバー

目次

子宮頸がんで大学病院に入院
化学療法＋放射線療法

親愛なる皆さま、こんにちは

2012年6月19日

親愛なるお友達の皆さま、こんにちは。すみません。フェイスブックでなかなかお伝えできないことを、ユリカッチ（これって twitter name ですが）とわんこの部屋でお話させていただこうかなと思いました。

［高橋ユリカさん（以下の注釈は「ユリカさん」と表記）は、過去20年間に大腸がん、乳がんを体験し、さらに2012年4月に三つめのがんである子宮頸がんを発症しました。大学病院で示された治療法は、手術か化学療法＋放射線療法のいずれかでしたが、結局、ユリカさんは後者を選び、入院して治療を開始することになりました］

2012年6月19日

実は「ユリカッチとわんこの部屋」は、大学病院にあります。かつて『キャンサー・ギフト』という本を書いたわたしですが、現在、ことに地元で色々と活動をしていることもあり、病気治療はなるべく廻りの方たちにも知られないように過ごしたいと思っています。そこで、信頼できる皆さまにだけは、ときにどんな様子かお知らせしたいと思って Facebook に秘密の部屋を作ってみました。

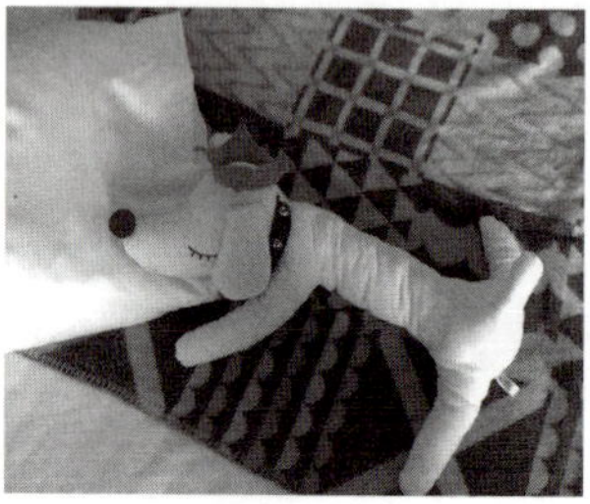

［「わんこ」とは、ユリカさんが渋谷ヒカリエ内のショップで見つけた現代美術家・奈良美智さんの作品をモチーフにした犬のぬいぐるみ。抗がん剤治療を受けると、このようにくたっとなるよね…ということで「ユリカッチとわんこの部屋」のイメージキャラクターに］

抗がん剤の点滴が始まり、寝落ちしそう

2012年6月20日
12時から抗がん剤の点滴が始まり、寝落ちしそうです。おやすみなさ。。。

2012年6月21日
今朝はいささかの頭痛と昨晩眠れなかったこともあり、さすがに抗がん剤翌日だから〜と思っていましたが、食欲はなくならないんですよね〜。ふふ。朝食は、いつもデイルームの食卓でいただくようにしています。病院食のお献立はニンジンとシメジのサラダ、アスパラガスのベーコンソテー。そこにプラス、ペニンシュラホテルのお紅茶。福岡産いちじくのジャム［ユリカさんの持ち込み］。お野菜料理もおいしいです。でも、パンがねえ・・・

2012年6月21日
病室がすっかり我が家になるのは、ユースケ［ユリカさんの一人息子］が週に2度ほど夕食にきてくれるのも大きいです。装苑賞を受賞し、三宅デザイン事務所のデザイナーとして仕事をしています。24日からパリに出張します。それで、夕食おともだち募集中というモードであります！　7時くらいに来ていただけると、ご自身の食べたいものなどシェアしていただけるものご持参できて下さるとうれしいです。

放射線の副作用が始まり、不快な下痢状態

2012年6月22日
Oさん、現わる！　素敵な盆栽を探してきて下さりました。「この大きく枝を伸ばしている感じがユリカさんらしいと思って。持って帰るの大変そうだなあと思ったの

だけれど、絶対これがいいわよね」とのこと。ありがとうございました！

2012年6月22日
今日は、いやはやの放射線の副作用が始まり、不快な下痢状態（?_?;
もうやめようかと迷いかけたけれどタイミングを見計らって、お出かけ決行。ほぼ7000歩も歩きました。汗だくになってシャワーを浴びて爽快なう ヾ(@⌒ー⌒@)ノ 出来るだけ身体を動かすが吉と再確認しました。動けるときには！

2012年6月22日
うふ。すっぴんお寝間着姿で失礼いたします。

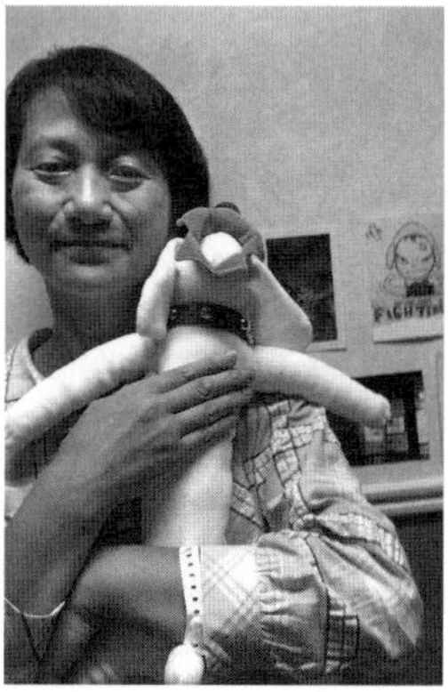

2012年6月24日
土曜日は楽しい週末だったのですが、今日は下痢が激しくて大変でした。せっかく予定していたグリーンライン［ユリカさんが代表をつとめる下北沢まちづくり市民活動グループ。正式名は「グリーンライン下北沢」］の会議もとても出られませんでした。ぐすん｡｡・ﾟﾟ・(＞_＜)・ﾟﾟ・｡
ちょっぴりふてくされて、「ふてねこだよん。」

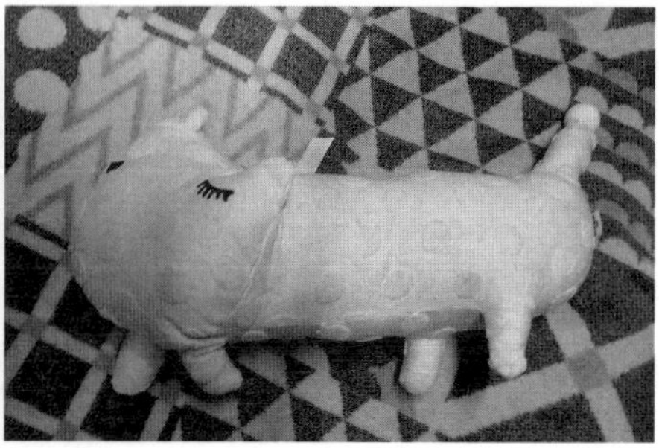

2012年6月26日

ああ。。。。・°°・(＞_＜)・°°・。こんなに爽やかな朝だったのに、朝食後は、またもや中途半端な下痢と腹痛に悩まされ続けてつらかったあ。

2012年6月27日

さて、今日は放射線体内照射という初体験。ランチもぬきです。麻酔を使うのでかなり大掛かり。やっぱり大変でした。。。文字通りの内部被曝。放射線は、不思議な存在です。これでがんを発生させる力も、治す力もあるのですから。6時までは嘔吐感、尿管［残尿感のことか］あらゆる不快感にめげてましたが、7時にはリカバリ。母と一緒に普通に夕食を食べることができました。［写真はユリカさんの両親］

2012年7月1日

今日は疲れたよー。下痢づかれ。

2012年7月3日

今朝は爽やかな朝。消化のいいものを少し食べて下痢が治まって寝ることができたので、少し元気になりました＼(^o^)／

体重が54キロから50.8まで減ってしまいました

2012年7月2日
ちょうど入院治療6週間のうち半分が終わりました。だんだん大変になるとはきいてましたが確かに。わたしの場合は、もともと大腸がんになったことがあるくらいで、副作用が弱い大腸にでて下痢に集中したもよう。昨晩も､3時くらいまで眠れずにトイレにダッシュを繰り返してへろへろ。すっかり病人モードに(T_T) さすがにこれまでの食べたい放題路線は、先週末をもって中締め。栄養士の方と相談しながらベストを尽くすことにしました。体重が入院時、54キロから50.8まで減ってしまいました。

2012年7月7日
雨の土曜日。下痢ダッシュ状態からは、やっと脱却して並の下痢に。副作用から常に倦怠感は止むを得ずです。

治療経過がよいと伺いました

2012年7月10日
昨日の診察で、腫瘍が目に見えて格段と小さくなっていること、腫瘍マーカー(これはあまり出ないガンらしいが)が、正常値にまで下がったことなど、治療経過がとてもよいと伺いました＼(^o^)／よかった！

よっしゃあ！という気分。気合だけはまったりしつつもしっかり､これも、皆さんのパワフルな連携サポートのおかげです。ほんとに、毎日、的確なお見舞いをいただき感謝、感謝｡｡｡このことに涙が出そうだよー！
お見舞いに行けてないと思っている皆さん、どうぞ、気になさらないで下さいね。ユリカッチとわんこの部屋にのぞきに来てくださるだけで、充分に感謝。世の中の動きから離れて他愛ないことを気ままに書いたままを読んでいただいて恐縮。身の置き所がない倦怠感と下痢での消耗の合間にほんとに救われてます。

2012年7月11日

今日は、ぐすん…です。＼(′o｀;内壁の塊が残ってます、照射を一回延期しますとのこと。20日までにすっかり治療を終わらせて退院という当初計画は延期になってしまいました。ぐすん。

2012年7月12日

治療スケジュールを確認してみたら、体内照射一回が増えたとしても、なんと明日、外部照射25回すべてが終了することがわかりました。＼(^o^)／これが下痢の原因。ということは、明日以降は回復へ向かうことができます。嬉しいな。しかも、抗がん剤治療も入院中の19日には終了。それ以降は、追加された翌週水曜日の治療のみに、ということは退院を延期する必要はないとわかりました。予想された脱毛も全くなく、副作用は想像していたよりはベターでした。
ともかく、ぐすんって泣いてるよりは、ポジティブに。できることはやれるようどりょくをしてみる。できないときはわんこと遊ぶことにしてヾ(@⌒ー⌒@)ノ

担当看護師さんを決めてほしいとお願い

2012年7月13日

わたしがお願いしたことの一つが担当看護師さんを決めて欲しいということ。病棟にいる30人の看護師さんが入れ代わり立ち替わり今日の担当です、夜の担当ですと現れて、いったい誰がわたしの症状に継続的に相談にのっていただけるのかわからないことにイライラ。師長さんにどなたか担当を決めてくださいとお願いしました。

2012年7月16日

下痢は治りそうもなく、日々、病人度が高くなっている感じがしてます。入院したころ、8階から地階まで階段を駆け降りて上っていたなんて信じられない。すぐに横になりたくなって、起きている時間が短いな。血

圧も90にいかなくて、88/55が多い数値。恐れていたリンパ節がない[以前の乳がん手術で切除] 左腕も動かさないからやばい… ヨイショっと起きようっと(^O^☆♪ ほんと逆だよね。これから入院するみたいだわ…

抗がん剤と放射線の治療が完了

2012年7月19日
昨日の体内照射と今日の抗がん剤、明朝の放射線ですべての治療が完了。先ほど放射線科の先生に詳しい説明を伺ってきました。治療は、期待した通りの効果が出てガンはすっかり小さい姿になっているとのこと。あと完治したかどうかは、退院後に細胞を検査しなければ分からないが、経験的にもデータ的にも、これで完治の可能性は高いそうです。\(^o^)/ 皆さま、本当にたくさんのサポートをありがとうございました。心から感謝です。

2012年7月20日
細やかに見えない人は、ほんとに細やかじゃないから点滴の針を入れるのさえ苦手…。
点滴を入れる血管を探すのが結構難しいのよね。抗がん剤がもれると腫れてしまうし危険だしね。私の腕も紫の跡だらけで、治療のあとも痛々しいという状態なので半袖で外出せずにすむ今日の天候は幸いです。

退院

2012年7月21日
[ユリカさんは、大学病院を退院しました]

自宅での日常生活に復帰
副作用に悩む日々

まだフラフラ。でも食いしん坊が身を救っています

2012 年 7 月 21 日

14 個の［荷物の］うち３つのペーパーバッグに分けて大事に運んできたミニ盆栽たち［入院中にベッド横に置いていた］。無事に自宅の窓辺で新鮮空気と、幸いにも小雨天気で強すぎない光にあてています。いやはや、どっと疲れました。早速、買ってきた茹でうどんと、味をしめた即席麺つゆ顆粒 (長崎五島あごだしスープ) が美味でほっとしたところです。やれやれ、掃除もご飯も ... たいへんだなあ。

2012 年 7 月 23 日

［退院準備と退院・帰宅で］ 2 日続けて張り切ったぶん揺り戻しの今日の体調。ふと、1992 年、大腸ガンで入院した頃のアルバムを見ていたら涙でそう。ユースケは、ほんとけなげな坊やでした。点滴をしているときに「ぼくにつかまっていいよ。一緒に行ってあげるね」と言ってくれた写真の場面がしきりに思い出されました。

2012 年 7 月 24 日

正直言って、まだ下痢と悪戦苦闘でフラフラヽ(´o ` ; でも、ともかく食欲があって看護師たちに驚かれるほど。普通はここまで下痢がひどいと食べられなくなって点滴になるのにと (^-^)/ 食いしん坊が身を救ってます。

帰宅してからは、かつての闘病のときと同じく料理だけはなんとかこなしてます。まず作ったのは、すぐに出来る「カリフラワーとマッシュルームのポタージュ」、定番「なすやがんもなどの煮物」、我が家の味「チキン野菜スープ」！　ユースケが海外出張から帰宅したときのリクエストは、いつも野菜たっぷりのスープ。「こういうスープってうちでしか食べ

られないよねー。美味しいよねー」と一緒に大満足 (*^_^*) 帰宅出来てよかったあ！
今回、副作用が乳がんのときの抗がん剤で悩んだような口内炎にはならなかったことも食べることを諦めない大きな要因。ともかく、フラフラしているボロボロの身体ですが、自分自身で立ち直っていかないとね！

2012 年 7 月 25 日
夕方までベッドでごろごろ。いかん、やっぱり病院にいるときより歩かない。(病院でのように) 看護師さんが来てお熱計って下さいと言われないから、いっそうメリハリないですね。通りまで 300m 歩けば美味しいパンが食べられるからと自分に言い聞かせて、よいしょと再び散歩へ。

下痢は楽に…今の悩みは湿疹。超かゆいよ～

2012 年 7 月 26 日
日にち薬で、ちょっとずつ元気になって行くのかな。今朝の散歩は昨日よりちょっと長めに自然になりました。良かった (^O^) ／

2012 年 7 月 26 日
ところで、下痢との戦いがかなり楽になって来ました。それにしても、今の悩みは、アトピーのように広がってしまった湿疹。これも大変 (T_T)
多分、副作用と思うのだけれど、それも病院で確かめないとならず、入院中のようにすぐに医師と話せなくなってからの症状は困るよねー。あれだけ身体に悪いものをありったけ入れて湿疹くらい起こっても当然な気がしますが。薬は痒いところにすぐに塗る。それでも、超かゆいよ～(≧∇≦)、でも［友人に教えてもらった］通りにアイスノンを冷やして当ててみたら、たしかに効果ありますね(^-^)/

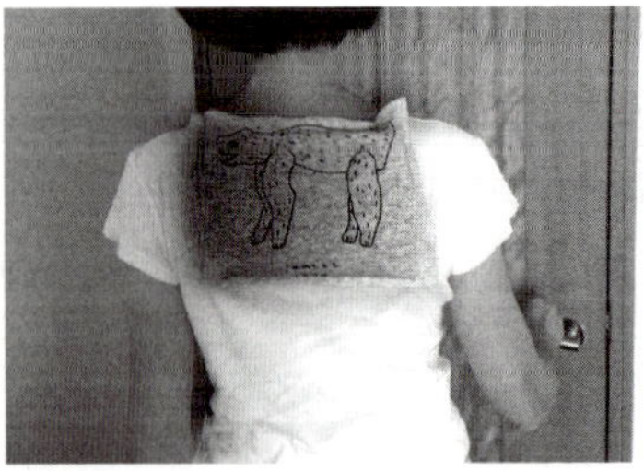

湿疹…皮膚科の先生はあっさり抗がん剤ですねって

2012年7月29日
猛烈な湿疹。まだ全身に広がり中。毎日、場所を変えて発生するのよね。出来始めがいっそう痒いみたい。
昨日、処方された塗り薬は効果がありました。私は、皮膚科の医師が抗がん剤の副作用で後から出る患者もいると教えてくれたのに、その情報を抗がん剤を処方した医師が、私に伝えてくれなかったことに怒りを感じています(｀_´)ゞ 退院のときにすでにちょっと湿疹があり、普通の痒みどめを処方しているのですよ。「もしも、ひどくなるようだったら抗がん剤の副作用の可能性がありますから、皮膚科でその薬を処方して貰って下さい」と言ってくれていたら、私はこんなに悩まないで済んだわけですよね。

2012年7月30日
ほんとうに湿疹がつらいです。アイスノンというか保冷剤を4つ身体にあてようとすると寝ているしかないので、今もベッド。
やっぱり、皮膚科の先生は、あっさり抗がん剤ですねって。タイムラグで副作用が出る方いますからと、薬剤アレルギーの薬の処方をもらいました。たぶん、ピークがすぎたところで薬が効けば一週間くらいで収まりますと明快に言っていただきました。
抗がん剤の処方をした婦人科の医師に電話で伺ったら「治療が終わって

日がたっているし、なんとも言えません」と、いうだけ (-｡-;「そういう患者さんはいないのですか？」、「いえ、薬物が特定出来ないだけです」って、なんか親身じゃないよねえ (｡-_-｡)

2012 年 7 月 31 日
なんだか気持ちも身体もぺっちゃんこ（？ _ ？ ; ）まだ、下痢が治ってないせいもあるけれど、これまで続いてきた気力がプッツンしてしまったのかな。ベッドかソファーにこれまで以上に寝たきりな一日でした。明日こそ、なんとか立ち直りたーい☆ *:.｡. o(≧≦)o .｡.:*
退院後、8 月になれば外出もできるかなと予定がこれから色々あるのも困っている理由。ほんとに想定外の湿疹で残念～ (｡-_-｡)　夕方になり涼しくなって冷房いらないかなと思って切ると、湿疹が体温計のように赤くなるのですから、まいるなあ。

2012 年 8 月 1 日
とうとう 8 月。今日は、シャキッと目を覚ましました。まだ、あちこち痒いけれど圧倒的に治りつつある面積が増えて (点々が繋がってケロイド状の面になって) 医師が言った通り 1 週間くらいで治る気配が見えてきました。＼ (^o^) ／ 皆様ご心配おかけしました。

急にワインが飲みたく、お寿司が食べたくなって…

2012 年 8 月 14 日
ふっと、急にどうしてもワインが飲みたくなり、お寿司が食べたくなって昨晩、退院後、初のお寿司とワインを近所のとてもリーズナブルなお寿司屋さんで。この一皿は 300 円。o(^^)o 練習してみて、ワイン一杯なら可能となりました。♪ (*^^)o ∀ * ∀ o(^^*) ♪

2012 年 8 月 15 日
ふっふっ (^ - ^) ノ　お寿司もたべたし、下痢がなおってとうとう禁断のポテトチップス！！ 実は、大好物。
うむ。とうとう、ビールを飲んだ…6月10日以来、なんと2ヶ月以上飲んでいなかった。ポテチとビール。こんなことに感激できるのが、案外に病後のギフトです。
まずい…酔っ払ってしまった！(◎ _ ◎ ;) いきなり缶ビール一本は多すぎたもよう。ソファーから起きあがろうとするとめまい。。。痒くもなってきた。まずいぃ

2012年8月17日
昨日の南国風カフェに続き、今日は南国風プール o(^^)o 泳ぎながら素晴らしい雲が見えてごきげん o(^^)o　とまれ、スポーツクラブ通いを本格化させたい8月後半。退院後、初のプールで600 mを気持ちよくおよげたのは嬉しかったです (#^.^#)

検査結果がよくて快気祝い

2012年8月29日
MRI、CT、細胞検査ともに、ガンは見つかりませんでした＼ (^o^) ／ 今日は快気祝いです！♪ (*^^)o ∀ * ∀ o(^^*) ♪ わんこの部屋の皆さま、ほんとうに色々とありがとうございました。
ほんとに、治療をしていても、やっていたことをそのままやり続ける路線と決めたときから、いささかの緊張の中で、ちょびっとガンバリズム。もしも、ひいてしまっていては、ずっと落ち込みがひどかったと思うし、立ち直りも遅かったと思います。そんな姿勢を応援してくださったみなさま、ありがとうございました。でも、たとえ、病気でも障害があっても、できる

ことをできるときにやり続けるという気持ちは変わりません。もう少し、気の抜き方を学ぶといいかも～！
Re-Birthday! 皆さま、ありがとうございました (^-^)/

2012 年 9 月 3 日
さきほど郵便局から帰宅したら TBS の方から電話。○○ダム撤去と新しい公共について話してほしいとのこと。話しながらグリーンラインのことにもなり、そうそう、私にはまだやるべきことがあると新たな気持ちに。さあ、私の新学期の始まりです。

投稿を忘れて精力的に活動

下北沢関係のイベントに忙殺される日々

2012年10月〜2013年3月

［この間、ユリカさんはクローズドな「わんこの部屋」ではなく、Facebookの自身のウォールに、参加した旅行、イベント、展覧会、会議、下北沢のお店情報などのたくさんの文章と写真を精力的にアップしていました］

がんが再発

2013年4月〜2013年6月

［しかし、小田急線下北沢駅近辺地下線化に関連した「さよなら踏切！ようこそシモチカ！」（2013年3月23日に実施）のイベント準備等に追われていたユリカさんは、過労とストレスもあってか、がんが再発。再び通院治療することになりました］

がんの再発
大学病院に通院と短期入院

月2回の抗がん剤治療が始まります

2013年6月10日
ちょうど1年ぶりに大学病院のベッド。月に2回の抗がん剤治療が始まります。
入院といっても2泊だけで面白くないですね。副作用で日常生活が滞る日数が少ないことを祈るばかりです。

ずっと病気と付き合っていかないとならないみたい

2013年6月10日
わたしは、どうやらずっと病気と付き合っていかないとならないみたいですね。やれやれですが、しょーがない。なので、治療に専念するというより、治療しつつやりたいことをやり続けるということになるかと思います。ただでさえパワー不足なのに、さらに何割減かになるのは残念ですが、モーレツな山越えドライブをしようとか無茶なことをしなければ大丈夫そう。

2013年6月10日
やっぱり、3～4月の過労と激ストレスが応えました…いやはや、こんなことで参っては本末転倒だわ(´･_･`)楽しいことを考えて生きていかないとね^_^

朝からの点滴治療があと1時間半。ながいですが、皆さまのお陰であっちこっちにメール書いているうちに終わりそうです(^.^)

2013年6月12日
ということで、今日の10時に退院。昨日の副作用は頭痛程度ですみました。少しあとから副作用はでるとのことですが、これなら明日テニスができるかな～と期待！　来週の水曜日に外来で再度治療。月に2回のペー

スでということです。なんとか頑張りたいと思います～（^、^ v

あー。病院の食事から逃れられてよかった o(^^)o

2013 年 6 月 12 日

夕食は思いっきり食べたかったお料理並べて祝膳 *\(^o^)/*

☆長野土産のタケノコ、アスパラ、ナス入りペペロンチーノ。

☆豚しゃぶサラダ (有機栽培ズッキーニは生でも美味しい！)。

☆カリフラワーとキノコのクリームスープ・クミン風味 (長ネギも少し入って)

あー。病院の食事から逃れられてよかった o(^^)o 料理は生き甲斐かもしれません。ただし、このメニューでワインを飲みたくならないのは副作用のもよう。残念だけれど、飲みたいのに飲めないよりよしとします！

わたしも正直いって、さんざん副作用に悩んできたので相当覚悟していたのに拍子抜けで祝い膳の気分なんですよね・・・

2013 年 6 月 14 日

不思議に今日は普通の食欲。朝食にアスパラ・トマト・キノコ入りスクランブルエッグとパン。

ばたりとベッドインしてしまったのに、12:00 頃にむくりと起きて、なぜかカレーライスを食べたくなって解凍。

14:00 にアロマセラピーに行くまでお休み。帰宅してからもお休み。なにも出来ないと嘆いているのに、ちゃっかりお腹が空いて夕飯を作り始める。

ジュンサイが美味しそうと昆布とカツオだしをしっかりとった御すましに。麻婆茄子の冷凍に野菜を足して二人分に。エビシュウマイを蒸して、あとはお漬物。全部美味で完食 (o^^o) 写真はユースケの分が残っているところ。

そういえば、乳がんのときの抗がん剤治療中もこのパターンで食欲がなくならなかったことを思い出した。体力維持は食欲からかな (*^^*)
闘病生活を繰り返していますが、なぜか料理だけは休んだことがなくです(´▽`)ﾉ

やれるときにやれることをするのが患者学の基本

2013 年 6 月 16 日
テニススクール行って来ましたあヾ(@⌒ー⌒@)ノ。
やれるときにやれることをやるは患者学の基本ですよね。わたしに向かって、「ええ！テニスですか…安静にしていたほうが」と言った薬剤師には、「ではどうやって体力つけて副作用をしのいだらいいかアドバイスはありますか？」と聞いたら黙ってました。ライフスタイルは自分で作るしかないですね ^_? ☆

2013 年 6 月 17 日
今日もテニスをやってきましたあ～！　ちょっと自分でも信じられませんが、頭痛しながらも 1 時間半のスクールを普通に～。ともかく起きて体を動かせるからというだけで出かけてしまって、結果的には、それがよかったみたいで帰宅してからも身体が軽いです。少しお昼寝はしましたが、たくさんメールやフェイスブックなども。
こんな過ごし方を勧める医療者は一人もいないと思うけれど、（看護師の友人はビックリ仰天してましたが）もしかしたら、そのほうがいいのかもしれないですね。ともかく、ベストな状態を自分自身で模索してカスタマイズしたいと思います。　副作用が軽い＝奏功してない＝×も困るのですが、そうではないことを願ってます。

抗がん剤治療 4 日間…副作用がきつい

2013 年 6 月 19 日

大好きなフランソワ・オゾン監督の「しあわせの雨傘」を病院で抗がん剤点滴中にみました。1977 年の設定ですが、まだフランスでもなかなか女性が社会に地位をもてない状況下、雨傘工場という舞台設定でカトリーヌ・ドヌーブが主演 (*^_^*)　面白そうですよね。女子友の共感度高そうです！ お勧め。
というわけで、月に二回という治療の二度目を、おせんべいとサクランボを交互に食べながら映画を見ているうちに終えたところです。だんだん大変になるそうですが…さて、今回は！

2013 年 6 月 20 日
やっぱり案の定、午後から具合が悪い…うまく睡眠がとれないせいもあるけれど。

2013 年 6 月 25 日
4 日間が大変なのだな。前回同様、5 日目の昨日、またテニスをすることができました～ (^ − ^ v　副作用がきつい 4 日間にあれこれやらなければならないことが重なってしまったのが精神的にもつらかったあ。。。

2013 年 7 月 10 日
病院で月に一度の点滴ダン。
ところで、今日一晩の入院、婦人科の個室が空いてなくて産科病棟に…一日中、誰かの赤ちゃんが、おぎゃあおぎゃあ ^_^　だる～いわたしには子守唄です。

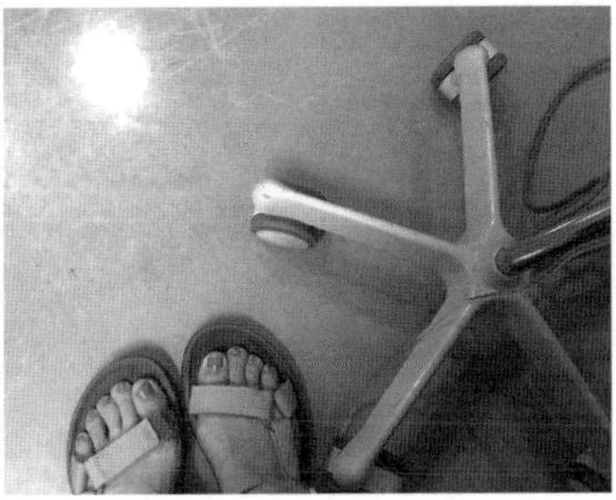

2013 年 7 月 13 日
やっぱり数日間は寝込みますね。世間は連休で旅行の皆さんいいな！ ユースケは、パリコレと次の仕事の合間に数日間の休暇でギリシアへ。
うーん。早く帰ってきて欲しいぃ… 今朝は、かなり病人状態がひどくてバケツで水が運べない。ベランダの水やりもできなーい。昨日から、立ちくらみがひどいのでお風呂も入ってないよ。(/　;）明日の夕方到着予定…もうちょっと。。。

iPadでメール連打

2013年7月21日

ひとときの猛暑から一歩退いて爽やか夏の日が続いていますね p(^_^)q

皆さん、お元気ですか？

一昨日は、自転車でシモキタに買い物ついでに成り行きで取材再開までこぎつけました。今回は、猛暑ではないこともあり立ち直りが早めかもしれません。

これくらいだと楽ですね。

2013年7月26日

ヨガにはまってます。週2日は通って効果絶大。寝ている時間が長いだけでも、体調不調になりますよね。運動不足分を解消できます。

デスクトップのパソコンで仕事をしない家庭内ノマド、さらにフィールドを開拓中 (^O^)／

ベッド、ソファにあきて硬い床もいいかもと、ヨガマットが別用途に。

今日もノマドワーカー、あっちこっちからiPadでメール連打 (^○^)

大学病院で次の治療を相談…

2013年7月31日

疲れながらもなんとか起きて、大学病院に向かってるなう。今日は次回治療の相談。本当は症状が全然よくならずに、むしろ進行中の気配でいささか心配。トイレ頻回はそのせいなんですが…

2013年8月2日

夜0:00に寝て、1:30・3:00・5:00・7:00に起きたら病気じゃなくても副作用なくても眠いですよね…というのが毎日なのが実はつらい…(・ω・)ノ まあ、もともといっぱい仕事してたわけじゃないですが(いや、してたときもあるな…)ぼ〜っとしてる時間長すぎかも(p_-)これが治すことができない症状の実際で…

2013年8月6日
薬がきれたってこういうことですかね……昨日、今日とフル回転で机に向かってブログへのアップ作業継続。あれほど、やろうやろうと思ってもできなかったことが当たり前にできるではないですか〜（^。^v　実は、ちょうど一か月。ほんとうは明日が［日帰りの］治療予定ですが、明日あさってと所用あって金曜日に変更してもらいました。極楽の二日間。。。

夏バテ状態に抗がん剤治療はいかがなものか…

2013年8月9日
うわあ…初の副作用。吐き気にげんなり。日帰り治療はさすがにきつい…(>_<)

2013年8月10日
初の吐き気と食欲不振にげんなりするも今朝までのことだった。回復早し。(^-^)/

2013年8月14日
いやはや毎日暑い。お仕事の皆様お疲れさまですp(^_^)q　朝起きてもな一んか、またごろりで皆さんに恐縮。夜になってヨガ教室に。やっぱり、連日の冷房就寝もあり、いまいちの体調。でも、涼風も吹いて夜には尋常な気温になりますね…この夏バテ状態に抗がん剤はいかがなものかと…(´・Д・)」

オルタナティブを真剣に考える時期になった

2015年8月18日
実は、抗がん剤が奏功していない可能性が高そうということがわかってきました。では、どうしたらいいのか・・・とても悩ましい状況になりつつありそうです。

たまたまW先生ががんの補助療法の先端におられることを知りました。W先生の本を読んで飲み始めた漢方薬がわりと相性がよさそうだったこと、また、抗がん剤だけではダメだけれど、巷に諸説あまたある補助療法のどの先生の考え方に基づいたらいいかなと思っていたところの天啓。どうにも、わたしが唯々諾々とあまり奏功しない抗がん剤にしがみつくのは、わたしらしくないあり方と思えたり…。

話のポイントは、食生活の改善。乳製品がよくないというのは、すとんとわかった一理。子供が育つようにあるミルクは癌も育てる…たしかに、そうかも。それはやめましょう！と即決。 野菜、果物をできるだけ摂り、肉魚はやめるのが原則。うーん……まあ、野菜だけでもかなりおいしいものはあり得るのではあるが、全然ダメはちときついか。。
など。でも、抗がん剤のこの倦怠感と食事療法のどちらがいいかと聞かれれば、食事療法ですね。やりたいことができていない状況から脱したいし、体を鍛えるとか、前向きな目標のほうがだらだらと体が弱っていくよりはずっといいような気がする。

［9月］2日は大学病院でMRI検査でこれまで3クールの奏功を検査。次にどうするかを決めましょうと言われ、すなわち、もっと強い抗がん剤の選択肢しか大学病院にはないことがわかったので、オルタナティブを真剣に考える時期になったと感じた次第…；

こういう生活を抗がん剤のために手放したくない

2013 年 8 月 25 日
仕事だか、遊びだかわからない私の日々の暮らし。これがわたしの生き方なんですよね、きっと。自転車を乗り回し、たくさんの知り合いと会話をし、またもや、目標達成しないと気が済まない性格丸出しでカキ氷をゲット。お店に行き着いてあんまりにも嬉しそうな顔が今日のお笑いヾ(@⌒ー⌒@)ノ　こういう生活を抗がん剤のために手放したくないのだな… ターミナルになってからは短くてもいいかも。

2013 年 8 月 27 日
ラベンダーを入れたお風呂がとても気持ち良くてうっとり。ラベンダーを通販で大人買い(^- ^) ノ いいことはなんでもやるもんね o(^_-)O
今日は、夜中に雨が朝には明けて爽やか。久しぶりにテニスに行きました。かなり寝込んだ日も多く、夏が乗り切れるかと心配でしたが、そろそろ夏のゴールも見えてきたようでうれしい。

2013 年 8 月 30 日
ダメだあ。実は、今日は病人モードで何度か起きてもベッドにリターン。(･ω･) ノ　元気いっぱいかに見えるグリーンライン関係の書き込みもベッド発信。
どうも、水曜日の無理くりテニスがこたえたか…(´･ Д ･)」この日、とっても疲れて、でも、駅前に自転車を置いたので、やむなく駅に向かうも行き着く前にどうしてもお休みしたくなり、入ったことのないスパゲッティ店に入る。

あ、あれこれ書いているうちにウツな気分が治ってきましたあ！

大学病院に検査結果を伺ってきました。どきどき…

2013年9月2日
今日は2:30にMRI検査。ランチはダメというのですが、12:00にはお腹が空いたあ。ぐう(e_e)。
それにしても、検査が終わった午後三時半の空腹ときたら…(0_0

2013年9月4日
大学病院で検査結果を伺ってきました。どきどき… MRI映像ってこんなにはっきりわかるのかと(0_0)びっくり。
当初あきらかに真っ黒ボールのようなガンが直径3センチほどではっきりとわかります。[そのガンが]3ヶ月を経て、形はゆるーく広がって、でも、色が薄く中がすかすか。だいぶ壊死している部分があるとのこと…治ってはいませんが。

オルタナティブでベストを尽くしてみたいと決意

2013年9月4日
医師は、当然、抗がん剤効果もあったのだからと継続を勧めましたが、いま、ともかくもストレスレスになりつつありますし、ササヘルスも、紅豆杉もよい感じ。なんとかこのまま維持できないかと、心から願っています。皆様、どうぞよろしくお願いします。

2013年9月6日
W先生のクリニックに行ってオルタナティブ治療について相談。大学病院での検査結果では、壊死部分が大きく抗がん剤が奏功した可能性は高いかもしれないけれど、でも、3ヶ月はやらずにオルタナティブでベストを尽くしてみたいとの決意。決めたことには集中して取り組んで成果を出したい…(` _´)ゞ キリッ！
①紅豆杉茶、②紅豆杉エキス、③梅エキス、④ササヘルスの飲用、⑤温泉行き、⑥ハーブ風呂を長めに、⑦岩盤浴 週に一回、⑧乳製品、肉 摂取をしない (時々のバター 少々 肉少々はいいことに)、⑨朝食は果物とサラダ (パンは小さな一切れ) 果実は常に多く、⑩塩分は控えめを目指す、⑪全粒粉パンなど、⑫砂糖は取らない
そして、楽しいことをポジティブに考えよう＼ (^o^) ／

ガンの塊を産み落としたあ (◎_◎;) びっくりしたあ

2013 年 9 月 6 日
［下北沢取材から］ 帰宅後のトイレで、な、なんと、壊死したガンの塊、約直径 3 センチを産み落としたあ！ (◎ _ ◎ ;) びっくりしたあ…(O_o)
なんだかスッキリ！
周りにまだ広がっているので油断は出来ませんが、当初に急激に出来たものは出ちゃいましたよ…(·_·;

実は、昨日、検査映像をユースケに見せながら、「かつて、君がいた場所が、ガンに占拠されているって許せないよね。そんなやつには出てって欲しいね！ (* ` へ´*) 」と、話したところ。ほんとに出てった (^O^) ／

タカハシ［ユリカさんのご主人。医師で出張が多く留守がち］が、実は、病気はもう治らないと教授たちに言われてしょげていたときに、「これまでのガンも二度とも急激に大きくなるタイプで、本来は悪性度が高いものだけれど、悪すぎて壊死もしやすく再発もしなかったのではないか。もしそうだとしたら、今回も同じことが起こる可能性もあるんじゃないか」と聞いたことのない推察を展開して慰めてくれていた。これっても

しやして！？と、写真添付メールを送って電話。「持論が当たっていたかもしれない」と、初めて笑った(⌒⌒)「ユリカは悪運強いから、もしかしたら、生き延びるかもしれない…」と。

うんうん！きっと生き延びる＼(^o^)／抗がん剤をやめた再発ガン患者の物語をちゃんと紡ぎたいと思います。呆れる話続きで恐縮ですが、しばらくはご支援のほど、どうぞよろしくお願いします(=´∀｀)人(´∀｀=)

ガンってナウシカのオームみたいなイメージ

2013年9月7日
宮崎（駿）監督が引退宣言で話題に…ガンってナウシカのオームみたいなイメージ。どうしようもなく凶暴だけれど、飼いならしておとなしくさせることも、きっとできるんじゃないか。そうだ！わたしはナウシカになろうと思ってました(^-^)ノ

2013年9月11日
実は発熱に悩まされた、この数日間。しばらく経験したことがない38.5度にまでアップでまいりました(-。-; 今夜も、そうだったのですが、解熱剤ではなく、たくさん汗をかいて熱を下げる方法を試みて、夜中に寝巻きもシーツも取り替えてさっぱり。(^.^)平熱に戻ったところ。
なにしろ検査のためにちょっと細胞をとったことに誘発されてドッと崩れたものが手術をしたように体外に出たり、がん細胞と闘ったりして発熱になっているのではと。がんばれ、ナウシカ(^-^)/

お腹の痛い場所はうちじゃないと主治医

2013年9月13日
今日は蒸し暑くてお腹が痛くて、熱は37度台で止まっているのにほんと具合わるい…。暑くなってとても歩けずにタクシー通院。結局、発熱は

壊死したものを体内に抱えていたからとのこと。でも、「お腹が痛い場所はうちじゃない…」って大腸の不調が理由のもよう。でも、どうして痛みが続いているか知りたいんですけど、主治医は、うちじゃないから、ノーコメント…(?_? #)

主治医が副作用に徹底的に関心なさすぎ…

2013 年 9 月 13 日
ほんとになにもか最低です…/ _ ; そもそもは放射線治療の副作用で始まった下痢が恒常的になって 1 年以上続いたら、腸もおかしくなっても不思議じゃないわけですが、その対応を大学病院内で考えようという気がないんですよね。
大腸ガンのときの［治療を受けた別の］病院へ行こうかと思いつくが、どうして腸障害を起こしたかの膨大な記録を持っていかなければならないことを考えるとクラッ >_<
ついでに言えば、［主治医は］「下痢の副作用は抗がん剤が理由ではなく、放射線が理由なのでぼくの担当ではない」と入院中には言われてました。

結局、昨晩、お腹が痛くて眠れないという事態に。朝、タカハシと相談。大学病院の緊急外来に電話をして、痛みの原因を調べるのは、連休明けしか出来ないと確認。それまで、入院して、朝晩の抗生物質の点滴か、市販薬を試す選択と言われて、連休一杯入院もとんでもないので市販薬を飲むことに。実家にいて幸い。しかし、「痛い方はうちじゃない」と放置の主治医はいささか問題ありと…。
この主治医、副作用にほんと徹底して関心なさすぎ…(~_~;) 昨年夏、退院直前に出た皮膚炎も訴えていたのに無視。猛烈に辛いことになって皮膚科に直接に行ったら「抗がん剤の副作用ですね。よくありますよ」処方された薬であっという間に治癒。憮然でしたよ。

あまりにお腹が痛いのは強度な便秘だった

2013年9月15日
敬老の日。私ときたらこの数日間、85歳の母に介護されるというしょうもない日々。腹痛+発熱セットはこたえました。老人に介護されるはちょっと(._.)元看護婦さんで根っからのケアラーの母には深謝。

2013年9月16日
いま、大学病院。あまりに痛いいたいとうめいているので最速の処置が必要と判断。CTスキャン撮って、気になっていた大腸ガン手術跡界隈は問題ないことを確認。結論はやはり強度な便秘。食べられないのも胃が圧迫されているから。栄養点滴なんて出来ないからなんとか食べて下さいと…。
それにしても、金曜日に強度の便秘を指摘しておきながら、下剤一つ出さなかった主治医への怒り心頭…ψ(｀∇´)ψ

2013年9月16日
あー辛かったあ…下剤が初めて奏功。いや､初めて飲んだから当たり前か。朝から今まで続いてた腹痛からやや解放されました。4山くらい出たあ＼(^o^)／
発熱も10時頃に、39.2度の最高を記録。でも、今、37.2度…やっとこさホッ。便秘でこんなに辛いこともあるのですよね。

2013年9月19日
今日こそ治るかと思いきや、昨日より起き上がれず、見事な秋晴れで気持ちよい風も吹いているというのに、ベッドから離れられずドーンと落ち込み。せっかく抗がん剤をしなかった9月がこれまでで最も具合い悪い日々が続いたことに落ち込んだ。こんな風に階段を降りていくように体力を回復させられないかもしれないシクシク(/_;)

検査ではvitalがんも多く見られたとのこと

2013年9月20日
あまりに間抜けな今日の行動…。タクシーでお金を払おうとしたらお財布を忘れたことに気づく(0_0)　あやや！ 運転手さんと仲良くなっていたお陰で、レシートに書いてある住所にお金を送るという口約束だけで許してもらう。
さて、診察券もクレジットカードも何もなく、喉が乾いているのにお茶も買えないことが判明。ご近所の友人にヘルプの電話。自販機のお金だけ貸していただく。手元にタクシー代ほどの現金がないからと、帰りは送って下さることに。
[主治医は] 発熱が止まらないのは、子宮内での炎症が止まっていないからとのこと。抗生物質の薬を変えますと、アッ！薬代も必要。病院への支払いは来週まで待ってもらえることに…

2013年9月21日
今日も相変わらずの気だるい微熱で公園にも行けずに残念…(T . T)
昨日の検査結果では、たくさんの壊死したガン細胞と共に、vital がんも多く見られたとのこと。「vital ガンがいるから、抗がん剤をやりましょうと、主治医は言うと思うけれど、[抗がん剤を] お休みしたいなら、そこで肯かないように」と、一緒に行けなかったタカハシからのアドバイス。案の定の会話で「ご主人もいいと言っているのですか？」と主治医。同じ意見と伝えたら、えぇ…？！というモード。

抗がん剤をやめた患者さんの闘病記。実にありそうでなくて…絵門ゆう子さん(元アナウンサーの池田裕子さん)も、辞めたのは2年ほどもタキソールをやって効かなくなってからで、辞めて半年で死亡。米原万里さんは、当初拒否をしていたのに、なんといよいよ具合悪くなってから初めて抗がん剤を使い、数ヶ月で…うーん。大変ですな(・ω・)ノ

テニスに復帰しましたあ v(^_^v)♪

2013 年 9 月 25 日

とうとうテニスに復帰しましたあ v（^ _ ^ v）♪ うれしいな！楽しかったな♪（v ^ _ ^） v。昨日、やっとのことで、自転車で 2 週間ぶりに買い物ができるようになったばかりの病み上がり (^ ー°)

コーチに事情を話して、途中、自主休憩を 10 分ほど。それ以外は、試合もちゃんとこなしてなんと 2 ゲームしか落とさずに連勝 *\(^o^)/*

青白い顔で現れたけど、すっごく元気そうになったよとコーチに言われました。

さあ、ほんとに体調を立て直して、ガンにも連勝しようっと o(^_-)O

2013 年 9 月 27 日

うわあ。いやはやな無謀か快挙か。我ながらびっくりの今日の行動！(◎ _ ◎ ;)　スカイツリーに向かったのであります。どれくらい待つのか全くわからなかったのですが、1:30 に到着して 3:00 のチケット。ちょうどランチを食べて、で、3:00 に入れるかと思いきやエレベーターで上に到達するまで 1 時間半以上の立ちっぱなしのウェイティング。やはり台風一過の秋晴れに人出が多かったとのこと。倒れそう…

_|￣|○ になって、カフェに行き着き、ちょうど夕陽が沈む時間を堪能。

病状と今後の展望にとっても凹んでしまいました

2013 年 10 月 4 日

今日は、大学病院。37 度前後の微熱は、ガンが闘っているからだそうで、症状のひとつだとか。だるいのも方策なし。治療しながらも大きく広がっていた部分が壊死して出て行ったけれど、結局、直径3センチは残ってる… なかなか大変だな(・ω・)ノ　超頻繁トイレとダルさと微熱をなくす方法がなく、がんと共存すべき症状というのは正直つらい。何にエネルギーをかけるか考えないと。

2013年10月5日
昨日、病院で確認した病状と今後の展望に、とっても凹んでしまいました(/ _ ;) 今日も続く微熱37度、頭のなかの町工場のような耳鳴り、エンドレスの小規模下痢とガンからの分泌物による超頻繁なトイレ通い…これらに効く薬はなく、ガンと共に共存すべき症状とのこと。厳しいです。数日、休息をとったら治るものではなく…症状改善の見通しなく、現在のガンが大きくならないことを良しとしなければと… (;_;)

2013年10月5日
みなさんへ
もしかしたら、上記に書いたような状況なので、なかなかポジティブな明るい話題をアップすることが出来ないかもしれません。普通に考えて「いいね！」じゃないよねという思いで、「いいね！」して下さらないのだろうと思います。
そんな書き込みにも、よかったら、「応援するよ！」という意味で「いいね！」していただけたらうれしいです。p(^_^)q なんだか病状が悪いことをお伝えすると、さあっと皆さんがいなくなるように見えて哀しいので…(._.)
おかげさまで、ほんとにわんこの部屋の皆さんからの色々なサポートには深謝です *\(^o^)/*

わたしはコミュニケーション渇望症候群

2013年10月7日

可愛いチェブラーシカ。今日は、辛い一日だったし、ユースケと夕食のテレビのまったりタイムは、数日前録画の人形劇を一緒に。1966 年の作品。
チェブラーシカの意味を知りませんでしたが、「何度起こしてもぱったり倒れてしまう」という意味で正体不明の動物に、果物屋のおじさんが「チェブラーシカ」と名づけたのでした。まさに、今日のわたし。何度起きてもばったりベッドに倒れ込み…(^ ◇ ^;)
［チェブラーシカとはロシアの人形アニメのキャラクター。ユリカさんはそのキャラクターが大好き］

2013 年 10 月 8 日
チェブラーシカでもユリカッチ (^o^)/ ［Facebook を通じての］発信はもう生まれながらの性みたい。高校生のときに、国語の先生に「わたしは、頭の中にいつも原稿用紙があって、ずうっと作文し続けてるみたいな感じなんです」と話したら、「そういう人は書くことを仕事にする人なのよ」って言われました。見たことを伝える仕事をしたいという思いは変わってないです。小説家じゃなくね。動けなくなっても、見たことを誰かに伝えたい…ですね。お騒がせしてすみません (^ ◇ ^;)

コミュニケーション渇望症候群なんだと思います。
おおむね一人でいるので誰かに話す代わりに書いているみたい。iPad が病人の暮らしを革命的に変えたと思います。チェブラーシカ状態で書ける iPad がなければ書いてないです。

つらいのはたっぷり寝ても決して爽快感がないこと

2013 年 10 月 13 日
つらいのは、たっぷり寝て起きたときでも決して爽快感がなく、今日もずっとベッドで、ほんとうに身体が立ち直る道筋を忘れてしまったようなのですよね。いっそう、すぐに疲れやすくなるし、本当は散歩をしたほうがいいのに、それにすら身体が動かなくて…(·_·;　ただでさえ運動不足になりがちで、元気な頃は4:00まで一歩も外に出なかったら、プールに行って800m泳ぐことにしていたり、身体を動かさないとダメになると… など身体のことを考えると泣きたくなります。

私が悩まされた腹痛は、結局、便秘が原因でしたが。放射線治療後、下痢ばかりでしたが、ともかく大腸が自分の仕事をどのようにこなしたらいいか忘れてしまっているらしく…(・Д・)ノ
今朝は比較的元気に起きたものの、今ひとつの動けなさはやはり大腸の機能不全ゆえに便秘気味の張ったお腹が痛い状態。先日、あまりに痛くてERに駆け込んだときも、このような腹痛は検査しても異常はでないと言われました。

ほんとに痛みは生きる喜びを奪いますね

2013年10月14日
毎朝起きて、今日は少しは気分がいいんじゃないかなと思ったり…でも、フルーツを食べて洗濯物をほしてと時間を過ごすと、やっぱり微熱を感じてベッドに舞い戻る。いよいよいつまで続くぬかるみその熱と腹痛に、気持ちが凹んだまま背も低くなってしまいそう…。
やっぱり、わたしの場合は、この熱がへたすると死ぬまで続くものなのか、いつか止むときがくるのか、その現実的な流れについて医師からのあり得る姿の説明がないことが不満。
破片が出たことと高熱の発熱は因果関係あり。「ガンが子宮内に広がったもののグズグズと壊死して剥がれたりで細菌が入りやすくなって炎症して発熱らしい。そのほか、破片があったので炎症が続いた可能性あり」

2013年10月16日
ほんとに困った。今日の腹痛…先の書き込み以後も悪化のもよう。先日は、下剤を飲んでいなかったので、下剤が即効で良かったのですが、昨

日も今日も朝食後に飲んでいるのにこれほどお腹が張るとは状態。なんとか元気になるかとみんなを勇気付けたというアンパンマンマーチを聴いてみるも腹痛の人には不向き。ほんとに痛みは生きる喜びを奪いますねヽ(´o｀;

食いしん坊で大食いのわたしが食欲ないなんて…

2013年10月17日
食いしん坊で大食いのわたしが食欲ないなんて、ほんと珍しい… (´･_･`)
今朝の下痢タイムで昨日ランチに食べた寒天を確認してほぼ終点。でも、スッキリしない、食欲ない…でしたが、お昼に美味しくて気に入っている周富徳のタンメンを作ってみたら半分食べられました。スープが美味しい (^-^)/ 一昨夜、［中華料理店から］食べられずに持ち帰ったチキンも一切れをさらに薄く切って入れたらやっぱり美味 (*^^*)
やっぱり微熱があるんですよね。羽毛布団にくるまって、引きこもり…ウジウジ (e_e) さっきからトマトジュース飲みたいのに、起き上がるのがおっくう。いつも、ワンテンポ遅れてよっこらしょ。マズイっしょ (≧∇≦)
お腹を叩くと太鼓みたいにポン！といい音…困るんですけど (^^;; ほんとにもう、ぐるぐるでちょっと痛くて羽枕抱えて横になっちゃうわけです (´-`) .｡oO (

2013年10月17日
しかし、まずいなわたし… 病気に負けまいとずいぶん色々ポジティブに努力したり、無茶ぶりも含めて気力で治るぞモードで、わんこの部屋も再開したのにな…なんか、何度も立ち直ろうとしたのに、熱や腹痛で足をすくわれて、フツーの病人になっている気配…(｡-_-｡)
これ、やばいですよね。抗がん剤には頼らない、免疫力でなんとかしたい！と決めたときの勢いがない。まずい…落ちてゆくわたし…>_<…

異常な少食で栄養失調
大学病院に緊急入院

緊急入院なう…

2013年10月18日

［大学病院に］緊急入院なう…(p_-) 腸の張りが今朝になっても収まらず、パンパンに。朝食に食べた一切れのりんごと柿も紅茶と一緒に嘔吐…もはや食べられない、飲めない状態とのこと。しかも、このところ体温計が見つからず、熱を計ってなくて、平熱だと思うと医師に伝えて、でも、目の前で37.5度に。熱がなくなったのではなく、体温計がなくなっただけか。ガッカリ (^◇^;)　あとからは、38.5度に上昇。

やはり、このところの異常な少食もあり、栄養失調… ともかく腸を休ませて点滴で栄養水分取るべしと、まさかの着の身着のまま入院…数日間、なんと24時間点滴だって。飲まず食わずでベッドに縛り付けられて、食いしん坊ユリカッチは、ピンチな気分 (ToT)/~~~ でも、熱源も抗生物質点滴でこの際、徹底的にと。

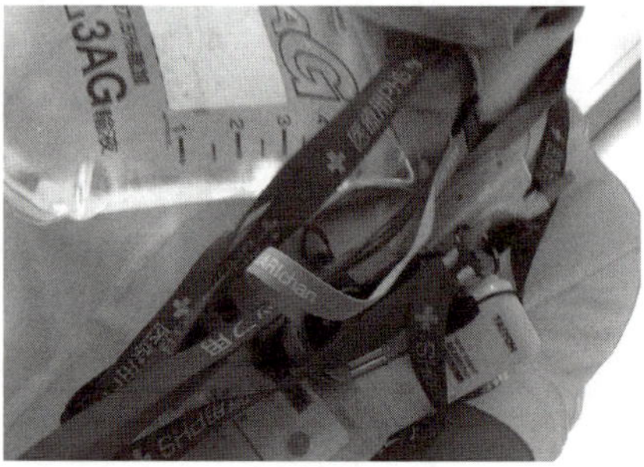

消化器科医師に診てもらいたいと主治医に伝えるが…

2013年10月20日

今日は怒りが止まらずやばい…

腸の課題については、消化器科の医師に診てもらいたいと伝えるが、自分のところに決定権があるという姿勢は崩さない主治医。しかし、これまで、きちんと向き合おうとしてくれなかったやり取りを考えると腹がたつ。大変に貴重だった9月・10月を無為に過ごしたことへの怒りが止まらない…自分自身では、一月前に、もしも今回処方された漢方薬の存在を知っていたら飲んでいたのにと思います。
①昨年、放射線治療後の激しい下痢が続き腸が壊れたと思われた。その後も下痢止めは一切効かず、退院後も収まらないので消化器科に相談した方がいいのではと婦人科の主治医に相談。主治医の回答は、「副作用は放射線によるものでうちの担当ではない」と。しかし、当時、放射線科にかかる要件がなく、たまたま担当医が転勤でいなくなっていたので、消化器科に回してもらいそびれる。
②ずっと緩やかな下痢が続き、そのまま安定していたものの、今回の腸蠕動不能（イレウス）が始まったのは９月はじめころ。発熱と同じ頃に発症。

問題は副作用に関する病院内での他科との連携…

2013年10月20日
問題は、副作用に関する病院内での他科との連携についてです。どれだけ患者の立場に立てるか、機転をきかせられるかは医師の資質が大きいと思います。主治医は婦人科で抗がん剤を使ったらガンがどのように変わるかが関心事ですよ。緩和医療はそもそも… 得意じゃなさそう。

それにしても、消化器科の医師とまだほとんど話をしたことがないことが、延々とここに書いている理由。［婦人科の医師としては消化器科に］「あくまでもコンサルテーションで診てもらった。意見を聞いたので、もういい」というスタンスなわけです。もはや、主治医に腸の話をしたくもないのですが、アドバイスもらったんであとは自分がみるというのが原則。それで、繰り返し、消化器科医師と話したいと伝えているのです。とてもほかの相談なんて…(?_? #)

今も、結局、腸は動くけれどお通じがでない状況に看護婦さんがやってきて「じゃあ、下剤を出しましょうかね」というのでともかく消化器科の医師から直接診断を聞かないと、私は薬を飲みませんと拒否。これで、あす、本当に会えるかどうかわからないわけですよ…(* ｀ω´) 私は入院前の検査前に数分お会いしただけなのです。

点滴の電動ポンプがピーピーなってうるさくて…

2013年10月21日
昨日後半から、それまでポンプでなくて良かった点滴が電動ポンプになって、検査だなんだとベッドを離れるたびにピーピーうるさくてみっともないし、はた迷惑で、それもストレス。こんなところにいては調子がよくなるはずはないとゲンナリ。わたしはここにいたら病気になりそうだあと駄々をこねる ヽ (´o ｀ ;

腸の方は、うれしい想定外の漢方薬が奏功しているようで、今夜から食事をしてもいいことになりました。ただし、まだ正常ではないので薬の量を二倍に。

いきなり、「夕食おかゆとおかずは食べられるものを普通に食べていいです」っていうのもちょっと (^_^)a　食べられるようになったらと色々楽しみにしていたのに退院と同時じゃなくてがっかり (´·_·`)

夕食を出されてみれば食欲はあり！お腹もぐうとなってました。豆腐の味噌汁、お魚のパサパサしたほぐし身と練りウニを三分粥に入れ込み、カボチャに鶏そぼろ、出された分量は食べました。ちゃんと腸も働こうとしている気配。これまでちゃんと扱ってあげてなくて、ボロボロになってしまった腸が不憫…(p_-) これからは大事にするから仕事をこなしてくださーい。

そうそう。で、点滴器を電動式に変える必要あったのかと確認して、ピーピーならない自然落下式に変えてもらいました。細かいことですが、やっぱり病院では思ったことは黙ってないで確認した方がいいですね。

2013 年 10 月 22 日
まったりひたすらベッドに寝そべるフツーの入院患者。この抜けないけん怠感と勃発的に高くなる熱の出方は感染症の疑いもあると検査中です。

病院食…うどんとクリームパンが一緒に

2013 年 10 月 23 日
朝の目覚めは良かったのに、午後は 38.7 を最高値にずっと 38 度台をキープという哀しい一日に…。せっかく午後の点滴はなくなったのにベッドから出れずじまい。ぐすん。。。
それにしても、せっかく色々食べられるようになったのに、硬くてパサパサでまずくてお箸で崩すこともできないメカジキが出され…実は昨夜も、なんと煮魚が硬くてかみきれずに食べられないという…(・Д・) ノかなしー。。。ほか完食したのは、茄子の味噌煮、冷奴一切れ (昆布出汁のなかにある湯豆腐がいいなあ) 大根の味噌汁、五分粥。なんかハッピー感ないなあ。

2013 年 10 月 24 日
昼食はうどん。伸びすぎるよりはと、お盆で自分でつゆと具をセットする形式。右上になぜか「ミニクリームパン」… 可愛いけど、「きみきみ、なぜうどんと一緒に出てきたの？」と一声かけたくなる取り合わせじゃないですかねえ (^ ◇ ^;

わたしのイメージとしては、大学の学食でうどん食べながら菓子パンを数個携えている男子学生とか… うどんのデザートならフルーツが栄養バ

ランスいいですよね。

2013年10月25日
まったりと38.2度発熱中。もののみごとに変わらない体調。この熱だとうちにいても病院でもお布団にくるまってベッド。\(// ∇ //)\
それでも気持ち元気に、昼食の牛肉のトマト煮に、喫茶店に昔あったウインナー入りのケチャップナポリタンではないかとケチもつけたり(^ ◇ ^;
でも、Oさんが大好物「これで大丈夫ウニご飯の素！」を持ってきてくれたので、なんと丼飯一杯食べてしまったのですよ(^-^) ノ あー美味しかった。

2013年10月25日
看護師さんに、［食べ物の］持ち込みは主治医の許可がいりますよと、ビシッと言われてしまった。そこに現れた主治医。
解熱剤で解決してみようという提案。解熱剤は継続服用が出来るのかやっぱり心配。でも、ガンがある以上発熱が結論だとしたら、仕方ないのか(._.) 来週はそれで様子をみると… ともかく出かけられるようになりたい。二ヶ月間変わってないがんの大きさだけが取り柄。こうなったら何でもと食べられなかったメカジキ、クリームパンのデザートを示して、わたしにはたんぱく質の補完食と果物のデザートが必要と伝えたところ、すんなりOK。晴れて持ち込みは身体に良さそうなものなんでもあり！になりました＼(^o^)／

「退院の見通し…たたないですねえ」と病棟主治医

2013年10月25日
「退院の見通し…たたないですねえ」と、病棟主治医。「やっぱり、ですか…」(ノ _ <)
先週の今日、外来で病院にきていきなり緊急入院。以来、まる一週間、結局、発熱の原因特定出来ずじまいで、抗生物質を変えて点滴してみるも 38 度以上の熱が出ない日がないという…(u_u) やれやれ。
原因不明のまま帰宅して、また発熱に悩むのはつらい。主治医は、例によってざっくり諦め気味で「ガンによる発熱あるんですよ」と短い言葉でしめくくろうとしているモード。病棟主治医が粘ってくれているのが有難い。説明がくどい長い！ですが、言葉が足りないよりよしですね。(^-^)/
ともかくこの熱が下げられなければ、わたしは外出の自由がなく、体力を回復させる運動もできずに、このまま体調が悪化して末期に至る道しかありません。(^ - ^) ノ　それが確定したら相当落ち込みますね。
もはや、そのすぐ隣にいる可能性もあるけれど、やっぱり、まだヤダ
☆ *:.。. o(≧≦)o .。.:* ☆

「患者に会う必要はない」と消化器科医師は去った…

2013 年 10 月 26 日
すごーく不愉快な朝。夜中にお腹が苦しくなって嘔吐。一昨日も昨日も、再三再四、消化器科医師に会いたいと伝えて来たが無視された。結局、主治医が判断しているんですよね。主治医と病棟主治医 + 研修医二人と 4 人も担当医がいるので、やたら医師がやってきて重複する話をするのもいかがなものか。
ともかく、お腹が痛いと訴えたときに「うちじゃない」と無視した主治医が腸の状態を診断し続けるのはおかしい。
よく知っている看護婦さんが来たので、今日は主治医が当直でいるそうなので、消化器科へのコンサルテーション依頼をすぐにしてもらうよう伝えてもらう。

2013 年 10 月 26 日
あーりえない事態に怒りのやり場のない現在。。。 o(｀ ω ´)o な、なんと消化器科医師はレントゲン写真など資料をみて、「患者に会う必要な

い」と病室でわたしに会うことなく去っていったそうです。どういうこと。!?(・_・;? 若い研修医は頼んでくれたそうですが。なんか怒りのエネルギー、ちょっと消化器科医師の対応でぷつんと切れた感じ…こうやって立ち上がれない病人になって行くのではないかと不安です。しょんぼり(._.)

朝からネガティブながっかりするような説明が…

2013年10月28日
朝からネガティブながっかりするような説明を主治医から。やっと、やっときちんと説明を伺えた消化器科医師からも、そして、だからネガティブ状態を理解…(T ^ T) しかも、タイミング悪いことばかり続くし、ガックリと折れてしまいそうに疲れた一日_|￣|○
救いは、スープのようなものだけでも食べたいという願いが、医師公認のもと［大学病院の］レストランのコンソメスープで叶ったのは嬉しかった。ホテルの食器で頂いたスープの美味しかったこと p(^_^)q 言ってみるもんですね。

あはは！ もう言いたい放題…皆さん、ご存知、理路整然説得ユリカッチパワーが医師たちに向かって全開(*^○^*) 若い医師には、そうだよねと思ってもらえるように伝えています。それにしてもスープも食べたいとなったら必死。電動点滴は持たないから、それを取り替えてもらうところから始めましたから。コンビニの粉末スープじゃヤダの一心で…

食べられないのは腸が部分的に狭窄しているから…

2013年10月31日
なぜ食べられないかの理由は、ハッキリしました。腸が部分的に狭窄してガスは通すけれど便が通らないとのこと。
昨日来、わかって来たのは、今している点滴ではとても栄養など足りてないということ。

スープなど液体の摂取までは交渉したけれど、それでもまだまだ… 長く続く時はゼリー状の栄養剤もあるらしいが、とびきりまずいとのこと。なんでまた、わざわざ不味いの (@_@)

2013 年 11 月 2 日

昨日、入院以来、初めてほんとうに親身に行動してくれる医師の親切に感動した。大腸の造影検査日が来週と言われて愕然としていたが、その大腸外科医が、夕方 4:15、手術着のまま病室に現れ、「手術が予定より早く終わったので、たった今なら検査してあげられますよ」というではないか。(((o(* °° *)o))) 地下の手術室から電話で連絡するより早いと自分で走ってきてくれたことに感動。。。

そして、15 分後に検査。すごーく大変な検査ですが、なにせ大腸ガン体験者には慣れたもの。ともかくも、腸狭窄の詳しい状態を視ていただくことは出来た。検査後は、大変な下痢でトイレ通いが続くは、強烈な悪寒、39 度以上の発熱などあまりに酷くて検査の際に瑕疵がなかったか、さらに CT 検査をすることにもなりヘトヘトになった一晩にはなりましたが…
(ノ _ <)

それらの対応をする例の病棟主治医 + 研修医の 4 人組のベッドの前に無言で壁のように突っ立っていたり、何かを伝えるときの患者の気持ちに沿うどころかネガティブなことでも残念ですねという気持ちも感じさせず命令口調で伝える姿勢、気のきかなさぶりがかえって一気に頭にきた。
(` _´) ゞ

治せないとなると選択肢は非常に難しくなると…

2013 年 11 月 3 日

体重が、現在、45kg。食べていないのだから当然だが、ベスト体重が 53kg で体重の変動幅が何十年も数キロしかないわたしには、さすがにギョッとする数字。なんとかスープで栄養を摂るといっても限りがある。

そろそろ、こんな生活をなんとかしなければと真剣な気持ち。その原因はわかってきたわけだが…
金曜日に検査をして下さった大腸外科医が結果について詳細に説明して下さる。なかなか厳しい現実。けっこう重症らしい。治せない…となると。選択肢は非常に難しくなる説明。とてもすぐには受け入れられないが、体重の落ち方に、食べられなければこのまま衰弱していくことは実感できる。
どーんと落ち込んだ超ブルーな一日を経て、やっと落ち着いてきた今日。食いしん坊のわたしが食べるものを超制限される道と、何でも食べられるが苦難が伴う道［人工肛門］のどちらを選ぶか…答えを出さないといけない日は遠くないようだ。

どうやってポジティブ要素を創り出していくかが勝負

2013 年 11 月 3 日
これ読んで「いいね！」してくれる人いなさそうな状況…。でも、「いいね！」してね、よろしく v(^ _ ^ v)♪ 。コメントしてね。よろしく♪ (v ^ _ ^) v 皆さんに無言でいられると困った状況を黙って見下ろされるようでイヤなんですよね…。
皆さんを心配させて申し訳ないのですが、ここまで色々お伝えしてしまっているのに、悪いことは言わずにいたら、どうやって続きの報告をすればいいのかわからなくなりますよね。わたしの病気は治らないものですが、以前にも書きましたがネガティブな状況の中でどうやって、どうやって少しでも生き延びる道を探し出していくか、ポジティブ要素を見出し、創り出していくかが勝負。少しでも、皆さんのサポートがあると有難いです。この状況を知っていてくれる、受け止めて下さることが最大の嬉しいサポートだとおもっています。どうぞよろしくお願いします (´ `) ﾉ

2013 年 11 月 4 日

点滴の針の跡だらけで細くなった腕が可哀想です (p_-)　でも、飲めているから点滴はそれほど重要じゃないかもとあっさりお休み…出来るんでしたか…とも。高熱でたゆえの抗生物質も、わたしは続けるとかえって熱が出る体質を理解してもらっていたゆえにもういいことに。やっぱり、患者自身の身体感覚を伝えることは大事ですね。

カンファレンスで人工肛門にはしないことに

2013 年 11 月 6 日
内視鏡の大変な検査が終わりました。うれしい変化がやっぱり腸に起こっていたもよう (*^^*)
硬く閉ざされていた門が、少し開いたというかゆるまったというかそんな感じ。つまり、造影剤検査で見た映像からはカメラが通るかどうかもわからない、通すのが大変だろうと想定していたのにということですよね。すなわち、わたしが少し狭窄が緩んだように感じていたことが実際に起こっていたようで。

カンファレンスの結論としてすぐに人工肛門にはせずに、食事に留意しながらもう少しよくなる可能性も見ていき、また、同じように詰まることが繰り返されるようなら検討するということになりました。よかったよー♪ (*^^)o ∀ * ∀ o(^^*) ♪

2013 年 11 月 6 日
もはや医師たちに宣言。「わたしのような患者には、皆さん会ったことないと思います。こんなに自分で色々考えたり提案したり。でも、わたしは少しでもよりよい方法を探したい患者なんでよろしくお願いしますね」と。先生方、とうとうわたしのフツーじゃない患者っぷりに納得してくれるようになりました o(^^)
医師たちとのやり取りには疲れましたが、結局、わたしが感覚だけで無茶なことをやろうとしているのではないことも理解され、フツーの患者

じゃないのだから標準方式を押し付けてもダメと理解されたので、やっと心安らかです o(^^)o
実は、下痢をしている今も軽い下剤を飲んでいます。狭窄部分をとおらないほど便が固まって便秘したらアウトなんです。次に便秘を起こしたら人工肛門を避けられないので、下痢でも下剤をやめて下さいとは言えない状況です。

栄養士にスープを提案

2013年11月7日
わたしキノコとジャガイモのポタージュスープなど、絶対に病院のより美味しく作れる自信あるので、早く帰りたーい o(^_-)O
ユースケにレストランの味がすると言ってもらって、ちょっと自慢のスープ。(^_^)v 案外、皆さん、ジャガイモやコーンスープ以外にポタージュを作らないみたいでご馳走すると喜んでいただけます。この他、カリフラワー、カブなど色々とりあわせます。うちでは普通は繊維もとった方がいいから濾さないですが、これからは濾す手間をかけて。

2013年11月8日
自分でカロリーを調べたり…つまり、わたしとしてはやはり普通に食事ができるようになることが最終目標。スープだけでは生きられない。でも婦人科医師団が狭窄状態からそれはあり得ないと断言…時間を稼ぎつつ、少しでも狭窄が良くなることってあり得るよねえ？ やっぱり、それはないのかな。このあたり、今回のことがぬか喜びの可能性高いのかなあ。。。

2013年11月8日
初めてこんなにカロリー取れました。ざっくりですが…

朝	梅丹のジュレ 168×2	336Cal
	寄せ鍋汁 300cc	60

昼	エビ汁 150cc	40
	梨汁 大きいの四分の 1	10
	ヨーグルト 90g	70
夕	コーンポタージュ	250
	シジミ汁半袋	22
	しょうが紅茶に蜂蜜	50
		898Cal

今日、初めて会った栄養士さんがすごく親切。こんなことなら、どーしてもっと早く連携してくれなかったのだと憮然…わたしにとってここまで放置されてきた怒りもこみ上げています。当初なにもしない様子にスープを提案。ポタージュまでいければかなりカロリーが稼げるので必死の獲得でした。レントゲン結果から、医師たちは栄養の代替案もなく、ポタージュもダメだろうと。いい加減にしてくれ…{(-_-)} あれほど便が出ていると自分の目で見ているのでそこまでの禁止はあり得ないという実感。ほんとに真剣に考えているんですかと詰め寄りたくなりましたよ(♯｀∧´)

一時帰宅でスープをつくりおき

2013 年 11 月 10 日

これからまた一時帰宅します。我が家温泉と料理が目的。昨日のうちに考えていた今日の料理メニュー。

　ブロッコリーと牡蠣の炒め物… 中華スープに
　手羽先とカブの和風スープ。。。手羽先の甘辛炒めも
　ジャガイモのポタージュ バター風味で
　浅利とトマトの洋風スープ オリーブオイル

なんか、パーティーができちゃいそうな (^o^)/

ブロッコリーと牡蠣、なんとかスープにならないかと中華スープの素を

ちょっと足してグラインダーにかけてみたけれど、まずい…(‥;) やっぱり敗退でちょっと悔しいユリカッチ。牡蠣はもっとも消化がいい貝類だと聞いたので試してみたけれど残念。代わりに試みた三分粥より粒がなく、グラインダーにかけてみたお米ポタージュ。梅干しのエキスをいれて薄ピンクもいいお色でおいしい(o^^o) これがあると、スープだけよりぐっと食事らしくなる。ミキサー粥と言って病院食で出すこと可能だそうなので、早速、明日には提案してみようっと。［一時帰宅から病院に戻る］

食事の“食べ出し”を色々試してみる

2013年11月12日

腸のガスの状態がよくならないからスープしかダメと主治医は一刀両断。でも、本当にそうだろうか？栄養士に食べ出しの話をしたときに、「はっきり出せるものはいいけれど人参のように口の中で溶けるものは困る」と話したら、「口の中で溶かせるものは、今でもいいと思うのですが」と、ちらと言ってた。つまり、狭窄が軽度とわかった今、むしろ入院中に色々少しずつためしてみてもいいのではないか。スープしか通らないという科学的根拠はない。写真で説明するのは効果的。例えば、りんごの食べ出しをすると半分がこんな感じ。どう見ても詰まりそう。食べてはいけないものは実感できるからと［看護師を］説得しつつ。手羽中も、皮がトロトロで飲み込みそうに美味しかったのよね。看護師たちの支持率は高く、スープだけOKで帰宅したのでは実生活が大変の実感を持ってくれるから。「すごい！病人食研究家になれそうに研究熱心。ほかの患者さんにも教えてあげたい」と驚かれております。(*^^*) まずは看護師たちを味方につけて再度提案したいところ。
[ユリカさんは、食物を噛んでエキスだけを吸って、残滓を出すことを“食べ出し”と言っています]

構内の郵便局に行くと普段の暮らしの匂いがある

2013 年 11 月 12 日
病院のなかにある郵便局に所用で行った。郵便局に行くと普段の暮らしの匂いがある。ちょっと退院の予行演習の気持ちに。ここまでスタスタ行けるようになったのは、先日までの衰弱ぶりを思うとよい進展。そんなことを思った帰り道。これも構内にあるカフェの誘惑抗し難く、久々の一杯、美味しかったが、やっぱりカフェインがあまり良くなかったかもと、親切な元大腸外科担当看護師から。そうであった f^_^; ちょっと夜の腸内運動会活発すぎはこのせいか…

親切な栄養士と看護師に徹底的に相談にのってもらってとても良かった！
まず、差し入れてもらった青椒肉絲の食べ出しを二人からいいこととポジティブに捉えてもらったことが収穫。便利な料理の詳しい素材ごとのカロリー表とにらめっこして、食べ出しでも半分のカロリーが取れることを確認して報告したのも良かったこと。栄養士が柔軟で、給食メニューの中に三分のミキサー粥がなく五分のミキサー粥しか選択肢がない状況、彼女からの提案は「五分のミキサー粥と重湯を出すので自分で調節して下さい」というもの。いいね！ 主治医にダメと断定されたレトルト食も OK、その他、うちでの定番、バナナと牛乳、りんごジュースのミキサーがけは OK など、細かく相談にのってもらって気持ちが明るくなった。
医師のいう通りに大人しくしていたら、人工肛門への道は最短だったに違いない。おかげさまで、もう少し様子をみていく余裕が出来た。とはいえ、人工肛門についても実物を見せてもらいながら学んでおきたいと先の看護師に頼んで説明してもらった。まあ、いささか面倒な障害が一つ増えるという程度で、それはそれで止むを得ないときはなんとかなるという気持ちにもなれた。退院目標を最短で次の日曜日と掲げてみる。それまでにできるだけ色々試してみよう (*^^*)

やばいなあ (·_·；食べ出しは危険すぎたか…

2013 年 11 月 15 日
やばいなあ (·_·; 便が出なくなり 3 日目になってしまいました。スープはいいけれど、食べ出しは危険すぎたか…チリも積もれば詰まりの原因かもしれない。一昨日、寝不足でエネルギーのなかった日、朝食に食べた豆腐を無意識に口の中で溶かさずにふつーに食べてしまったこと、どうもリンゴの食べ出しのカスが少なめで飲み込んだ量があったのではないか、青椒肉絲のタケノコの破片がのどを落ちて行った気配があったとか…Σ（・□・；やはり緊張感がないと出来ない方法だったかもしれません。

今日、便が出ないと退院も厳しいか (´·_·`)　でも、自宅にいたら絶対にスープだけなんてありえないから、やってみたほうがよかったとは思います。これでも、体重下げ止まらず、43.3kg を記録。頬がこけたよね。

腸の炎症は子宮の炎症の広がりという医師のご宣託

2013 年 11 月 16 日
一日中、便が出るかどうかと悩ましく、朝に開通したものの夕方まで続かなかったので、それが確認できないと退院は無理といささか緊張。ハラハラ感たっぷりの金曜日でした。夕方に出てホッ。ε-(´∀｀；) これで日曜日の退院が決定。10 月 18 日に緊急入院して以来、ちょうど一ヶ月。

まさかの事態の連打でつらい入院だったなあ…(/ _ ;)

腸の炎症は子宮の炎症の広がりというのが、結局、最も考えられることで、これからも起こる可能性が高いだろうというのが、医師たちからのうれしくないご宣託。二ヶ月間大きくならなかったガンも、身体が元気になり始めたら成長を少し再開したようで、それもうれしくない…(._.)

飲みたかった紅豆杉もお腹の調子にどう影響するかわからず、せっかく親切な薬剤師さんが調べて下さり、「ガンの補助薬としては学会発表もされて信頼できる」と、お墨付きをもらったのに飲めなかった。控えようとしていた砂糖や乳製品も、それなしにはカロリーがとれない状況でいつもより摂取することになってしまった…退院して体制を建て直すのは容易じゃない。

自分をチアアップし続けるのは本当に大変だ。少しのことでもポキッと心がくじけそう…_|￣|○ ちょっとのことでもこたえてしまう。心が敏感になっているのだな。だから皆さんの優しさも、すごくうれしい。

不安いっぱいの退院ですが何とか生き延びよう

2013年11月16日

毎日、病室に来て下さるようになった親切な栄養士さんにも感謝。入院当初からしばらく顔を見るのもうんざりだった研修医4人組。でも、若い2人が、一人は栄養について、女医さんはわかりやすく病状を伝えることに熱心に取り組んでくれるようになり、すっかり仲良くなったのもうれしかったこと。看護師さんたちは、昨年来おなじみの方が多いので会話は楽しく、また、同世代ベテランの方は、なんとご主人を今年はじめ、肺ガンでこの病院で亡くし、そのときにまさに食事や対応で苦労したと、様々な不満にすっかり親身になって相談にのって下さった。たくさんの方に感謝しつつ、退院に向けて心も準備をしなければ。これからは、毎日、数時間ごとに症状を伝え相談出来た医療者もいないし、自宅でほぼ一人で過ごさなければならないのも、いささかの不

安…(･_･;

明日、いよいよ退院です。不安いっぱいの退院ですが、なんとか生き延びよう。

自宅で食生活の改善にトライ

家事のヘルパーさんを真剣に考えた方が…

2013年11月17日
さて、退院時の体調は上々。熱はいつも通りの36.9度、穏やかな下痢、お腹にガス溜まりなし。体重は下げ止まり43.3kgを確認し、43.4kg。この状態をキープしつつ、1200カロリー食事での体重増加と体力回復が目標(^-^)/

料理を作っては休み、食べては休み…母が洗い物を手伝ってくれて可能な作業。家事のヘルパーさんをお願いすることを真剣に考えた方がよさそうな。がん患者には、介護保険の前倒し利用が可能になったと聞いたことあるけれど、どうなんでしょうね？

一月後くらいを目処にようすを見ようと思っていますが、看護師も医師も治る可能性がないという対応。ひとつ思いついたのは、かつて大腸ガンの手術をしてくれた医師が専門クリニックを開いているので、一度、検査映像などを持って相談に行ってみること。金曜日の外来で映像をもらい、来週のタスクだな(^o^)/　大学病院の連携の悪さのサポーティブ体制、自分で作らなければ。

カロリー摂取のためいろいろな食事にトライ

2013年11月19日
なかなかカロリーが増えないので、トライアルの範囲を増やしてみる。
ヒットは、お醤油生卵
(^-^)/ 平飼い鶏のちょいお高いけれど安心卵。ごはんにかけたいけれど出来ないのでおかゆと混ぜてみる。お粥少なめでなんとかいけます
(*^o^*)
どうしても食べたかったマッシュポテト。やはり水分を足さないとよろしくないけれど、今回はたまたまあったブイヤベースを少し。もっとシ

ンプルな味でいいな。漉し器を通すのは諦めて、自分判断で形の残らないマッシュポテトは OK に。必要なレパートリーですね。

朝	ミキサーお粥 + 生卵	(80Cal) 120Cal
	浅利と豆腐の味噌汁	60
	バナナ、豆乳、りんごジュース (60+28+40) ササヘルス	128
昼	ギョウザ 3 個 (食べ出し)	60
	じゃがいも小一個マッシュ (50)+ ブイヤベース (20)	70
	メンチカツ (食べ出し) 半分	25
	ピーチジュレと Dakara	172
	チーズケーキ プリン 1/3	80
	紅茶、豆乳、蜂蜜少しいり	24
夕	茶碗蒸し	50
	ホワイトシチュー	200
	メンチカツ (食べ出し) 半分	25
	りんご半分 食べ出し	20
		1034Cal

元料理雑誌の編集者ですからね。人生何が役立つかわかりません。。［ユリカさんは、かつて『元気な食卓』という雑誌の編集も］
看護師さん、栄養士さんにも感動され。

2013 年 11 月 20 日
あれこれ試すうちにちょい危ないこともか…アボカド、いつもならクリームチーズやタラコなどを混ぜるところ、冷凍庫からイクラを見つけ出してのトライアル。イクラまで漉し器にかけるかの根性。(って、食いしん坊なだけですね (^ ◇ ^;) とっておけなさそうとたっぷり一個分のアボカドを食べてしまったのが多すぎ…で、さすがにお腹がすかずにランチが 3 時ごろ。

朝から便秘でつらい、不愉快、腹痛でダウン

2013 年 11 月 21 日

今日は、朝から便秘の冷や汗モードで一日中、つらい、不愉快、腹痛でほぼダウン。(e_e) いやはや、またもや不安の便秘。あの食べ物、食べ方がまずかったかと反省しつつ、ちょっとでも出ると何が詰まっていたのかと覗き込む。(ちょっとずつは出ても出切らずに、冷や汗状態が続いて)破片を核にカシューナッツくらいの大きさに成長…これがまずいのか ~_~;

2013 年 11 月 22 日

昨日の苦しい便秘状態を脱すべく、夕食後にいつも一錠の下剤を二錠に。効果覿面の朝 (o_0) トイレ通いにへとへと… _|￣|○ 腰が抜けたようで止むを得ず、病院へはタクシーで。しかし、この 2 日間の苦難のおかげでお腹のレントゲン写真の結果は上々で、退院前にどうしても消えなかった大腸上部の丸い気泡の連続が見えなくなっていた。しかも腸内に溜まっている便がないとのこと)^o^(　あら、うれし！

主治医が、わたしの食事法でベターになっていることで、いささか態度を変えたか、漢方薬、あったので思い切って提案してみたところ、すんなり処方箋を書いて下さった V(^_^)V

レントゲン写真では、相変わらず問題の腸狭窄前にひとかたまり、右側にもひとかたまりは見えています。しかも、正直なところ入院前のなんとかして欲しい便秘の不愉快感は消えないのよね。ともかく普通に食べちゃダメだけが判明した入院だったんですかね (^ ◇ ^;) こんなに体力なくして痩せちゃってさ…(T . T)

クラス会で料理に気を遣っていただきました

2013 年 11 月 24 日

クラス会の料理、こんな感じで気を遣っていただきました。お向かいの席の方がコース料理で、わたしはスープに。カニのトマトソースパスタもミキサーにかけて持って来て下さりました、うまっ o(^ ▽ ^)o でしたが、これはツブツブしてるよね、カニも擦り潰されてないよね〜と、つぶやきつつ、すぐには中断できず半分食べちゃったか、大丈夫かな f^_^; このほか魚介料理もポタージュになって現れましたが、もうお腹いっぱい (O_O)

それぞれ皆さん、あまりお変わりなく話すことも変わりないような。つぎは、還暦のときって、会えるのか。元気にならないとね (^o^)/

歯と顎を使ってしっかり噛む作業にハマった

2013 年 11 月 25 日

スープカレーは、じゃがいも、人参を茹でたして入れたらとろけて、かなり固形物として摂取してしまった。少しずつよーく噛んで微細になった固形物はありに… 噛むことや嚥下に問題があるのではないのだから、少量を良く噛むという姿勢も必要ではと勝手にちょっとランクアップの食事に。

2013 年 11 月 27 日

歯と顎を使ってしっかり噛む、という作業にハマってしまったユリカッチ、このところ毎日かえってグルメな食生活になってないか？！ 頑張って食べ出してますが、うーんと噛むとほんとポタージュ状。ミキサーより威力あると。1割くらいは胃に到達してるでしょうね。初めて行った新しいカフェのカフェラテもテイクアウト。スープはお手軽にインスタントのトマトポタージュ。粒なしで案外にいけます。

困ったことに普通の食事のうまさに目覚めてしまって、とうとう夕食では禁断のご飯を…子供茶碗に半分以下。サバの味噌煮の食べ出しの美味しかったこと！途中でおじやも取り出すがやめられずで、だいじょぶかf^_^; 一生懸命100まで数えて噛んだけど、当初50回ほどで何回か飲み込んだような。おまけに盛岡の友人から送られてきたリンゴのパリッパリで美味しいこと。これまた、まずい…口の中でパリッと破片が弾けて飲み込んだ気配。。。(*_*) お腹はパンパン。明日の朝の無事を祈ります…(u_u)

さて、どうなるかと思ったら、集団化した便がどさっと登場。こんなにいっぺんにあの狭窄トンネル通れるのかとビックリするほど。これは昨日ではなく一昨日のものと思われますが、やはり、「噛みかみ路線」は身体が求めていたような気がするのね。

2013年11月30日
今日も素晴らしいお天気。朝からお散歩出来ないかなと、毎日思うのだけれど、今は、午前中が下痢タイム。夜の外出がある時は、下剤を寝る前にしてと調節してきていたこともありですが。とうてい出かけられないトイレ通い。しかも、結構、午後まで長引いてゲンナリ。うちのリビングから広い空が見えるのは幸いですが、プラネタリウムのように、朝焼けから夕焼けまでずっと見ているのもねえ…(._.)

でも、こんな風に寝そべってmeijiミルクチョコを食べたい放題食べているというのが、ある時期のささやかな幸せだったことを思い出す。高校生の頃、定期試験後のお楽しみは、学校帰りにnon.noとananを買っ

てきて、いつもは太るからと食べないようにしていたチョコを食べながら、寝そべってページをめくることo(^ ▽ ^)o

胃腸科クリニックでセカンドオピニオン

2013 年 12 月 2 日
さて、今日デスぞ。大学病院でデータを受け取り、胃腸科医院へ (^-^)/
行けるのか！自分に掛け声。がんばれユリカッチ (*?-?*)
［ユリカさんは、セカンドオピニオンを求めて大腸がんのときに診てもらった胃腸科専門クリニックを受診することに］

いつものように夕食を午前中に作っておく。幸いにも、激しい下痢が続いた数日を経て、昨夜下剤を控えたせいもあって今日は下痢も発熱もない。でも、疲れ易さは変わらないのだなあ。ともかく、大学病院でデータを受け取り、なんとか 4 時までに胃腸科クリニックの目標を達成すべく 1:30 すぎに出発。

大腸専門医の先生のお話には忸怩たる気分…(·_·;　ほぼ、わたしが感じ続けた通りでした。すなわち、「たぶん放射線の副作用と思われる腸狭窄は段階を経て悪くなり、もっと早くに手当をしていれば腫れを硬くすることなく治っただろう。今まだ、治るかどうか、ともかくこの食生活で様子を見て行きましょう。紹介状には、人工肛門を検討と書いてあるけれど乱暴すぎる話。何段階もまだありますよ…」。病院のベッドで泣いてわたしが主張した通りでした (>_<)

子宮の炎症が腸に広がったという説明は、「そんなことあるはずないじゃないですか」と一蹴。大学病院主治医、失墜ですな。やっぱり、なにもかも…(♯`∧´)しかし、薄々思っていながらもっと早くに胃腸科医院を訪ねなかったわたし自身がいかん(｀_´)ゞ 正直まさかの連携の悪さ、ここまでだったかという驚きと…うーん。でも、再発する前に下痢が異常に続いていた段階で自分で行くべきと判断すればよかった…
まずは、「カロリーが1200を超えるように、まずくても栄養剤ドリンク飲んで下さい」とのこと。しょうがないな。でも、きっとこれで厄払い。元気になろう(^O^)／

継続して大学病院に通うのは難しい気がします

2013年12月3日
気持ち揺れます。金曜日［12月6日］には、大学病院主治医に会いますが、やっぱり、継続して大学病院に通うのは難しい気がします。「あなたの判断ミスで腸狭窄も治りやすかった時期を放置して、こんなに身体を衰弱させてしまったじゃないですか」と事実を伝えるだけで涙が出そう/ _ ; 医師として猛省求むでさらばしたいところ。しかし、これは彼のせいだけではなく大学病院全体のシステムだから、彼は組織に守られて痛痒を感じないですね。医療者は、そもそも抗がん剤で衰弱していくがん患者しか見たことがないので、衰弱の理由がちょっと違うだけで遅かれ早かれと思っているのだと言葉の端々に何度も感じさせられた入院期間。やはり、もう行きたくないよね…。

会議で垂直に座って話をしていると気持ちは元気

2013年12月7日
お腹はひと落ち着きして朝になって、けっこう元気。ゆっくり散歩。往復500m。歩く力が弱っていることを実感。ともかく、もっと歩かないと…と、思うけれどなかなか…(u_u) 4時からのグリーンラインの会議に、帰りはタクシーとしても行きは出来るだけ歩いて行こうと思っていたが、3時頃には渋り腹で横になっていたいと出かける気力もない有様。とうとう自宅にタクシーを呼んでのお出かけ。
そのまま自宅にいれば、横たわっている病人だが、会議にでてなんとか垂直に座って話をしていると気持ちは元気でいつも通り。

早く寝た方がいいとわかっていて、でも、せっせと議事録つくったり、いつも通り、知らず夜なべ仕事状態。グリーンラインの仕事は途切れないのだな。でも、これも与えられた役割、生きた証と思ってやっている。下北沢の本の原稿に、ほんとに取りかかれるのだろうか。ここから書くべしと誰かに背中を押してもらいたい気持ち…体力回復させていけるのか。ほんとに大腸ばかりが大変だが、実は、子宮のほうも良くなっている気配はなく心配です。

2013年12月10日
今日は朝のうちは雨で、やはり寒い一日。午後から母が来てくれてマッサージが大変に有難い。ちょっと前から痩せすぎ、寝過ぎで尾てい骨が痛くて参ります。(´･_･`)
運動不足が全く解消されないので日を追って具合悪くなる気分で陰々滅々。
相変わらず出そうででない不快感。昨日は、まさに狭窄部位で詰まっていた便が人差し指くらいの形をもって出てきてギョッとする。その後、出たもののとても全部ではなく、今日も全くでない。ちょっとこわい…緩下剤を飲み忘れまい！
しかし、夕食時には落ち着いて、なぜかこれまで一切飲んでみたいと思ったことのないビールを口にする。タカハシも、いいよ、いいよと。で、案外に美味しい(^-^)/
3人で夕食の日は御菜も増えるしなんとなく多めに食が進む。普通のご飯も食べたく、なんだか少し良くなっているのではないかと勝手に思う。

大学病院に引き続き通うことにした

2013年12月11日

大学病院に行っておくことにした。こんな便秘が続いて、どんなレントゲン写真になるのかも見てみたい。

結果は、「すごく便秘しているようには見えないし、狭窄部前に詰まっている様子もない」との所見。いつもの見慣れたガスの塊もほとんどないではないか (^ ー°) だから、辛くなく歩けるのだな。なんだか、だんだん腸が普通になってきている気がするという自分の感じ方と所見は合っている。ふむ。いいね V(^_^)V 肝心なガンの方は退院時と同じ大きさ、同じ数値。なんのために病院に通うのかと、率直に病院主治医に聞いたら「ときどき洗浄をして膿が溜まってないかの確認は必要」と、言われたのでバッサリさよならはしないで、引き続き通うことにした。穏便なり。

厳しい体調のなか自宅での療養

便が出なくて…今度はうんざりするほど出続けて

2013年12月12日
えーん、残念ながら今日は一日中出そうで出ないのいつもの腹痛で辛かった。/ _ ; 今日こそはデスクに向かおうと、パソコンのスイッチを入れたものの苦しくてまたまたチェブラーシカ (-_-)　ほんとにこんなにお腹がグルグルいって、ドーッと水道下痢でもおかしくない音が聞こえているのに。ちょーっとずつケチな出方 (-_-)　午後になっても変わらないので、アロマテラピーに行くことにする。昨日、身体を動かしたのでストレッチをやってもらってマッサージをすればいけるか！という期待がありましたが、それでもダメで残念。。。とても怖くて遠出は出来ない。おまけに食欲もでない。

2013年12月13日
出そうで出なかったものが、昨夜から少しずつ今度はうんざりするほどずーっと出続けてトイレ通いが続いた一日。ぐったり疲れてチェブラーシカ。そろそろ腸に振り回されてばかりの日々から解放してほしいです。くたびれて、ちょっと悲しくなってきた。本気で病から解放されたいと願うとき、人は死んでしまうのだよね。うーん、腸に振り回されて疲労困憊で死亡っていうのはイヤだ (´･Д･)」

2013年12月14日
今日はどんな体調になるのかと楽しみにしていた朝。なんと食事をする前から少しより多い量でどんどん出ていく方向性。ちょうど 9:00 くらいから始まり、止まる気配なく食事準備中も 10:00 頃からの食事中も続行。昨日の疲労困憊のつづき。もはや、食事が終わった頃には、前後不覚でソファに倒れこんで眠ってしまった。

ある意味では、ちゃんと出るよと予告され出ていく様子はこの数日のつらい状態よりまとも。昨晩、腸がまだ硬いなと思っていたところにいたものが出ていった気配。しかし、衰弱ユリカッチには重労働。

太めのサイズの（便が）出現…涙が出るほど感動

2013 年 12 月 15 日
ちょっとの散歩でもへとへと_|￣|○　帰宅してからのトイレで、これまでより太めサイズが出現。これでお腹がひと落ち着きしてくれれば…。なんだか、あまりに疲れ果てる日々がつづき、そして今日…胸がいっぱいになるほどホッとした。
これまで見たことがない太めサイズの出現＝大学病院医療チームが「絶対にない」と断言した腸狭窄の可逆性があった！ということ。腸の状態がワンランクアップしたという実感。それで、涙が出るほど感動して…改めてメモしておきます。

2013 年 12 月 17 日
あーあ。やっぱり､懸念していた輪廻だなあ。すっかり出終わって一巡り。お次は最初の出そうで出なくて辛い日。普通の便秘の辛さが、内部狭窄のおかげで 2 度の関門に…(*_*) 出るときのスタンダードが小指大ではなく、中指親指クラスという大きな変化はあったものの、ツライ状態は変わらない…>_<

2013 年 12 月 18 日
明らかに腸がよくなりつつあると実感。久しく見たことなかった通常の姿。親指より太いよね…(ノ _ <) ちょっとうれし涙。励まし続けて下さった皆さん、ほんとにありがとう！
毎日毎日、食べることと、お腹のこと、出てくるもののことばかりを書き続けたけれど、それを読み続けて下さった皆さんに感謝｡｡｡
(=´∀｀) 人 (´∀｀ =)

さあて、もうひと息。まだまだ、普通に食べられるまでの道のりは長いです。

朝	あさりの味噌汁　お粥	90
	ピザトースト フランスパンで一切れ 食べ出し	40
	生姜蜂蜜ミルクティー	50
昼	海老天 食べ出し かき揚げ 少し うどん少し	120
	いちごのムース	250
	コーヒー、エンシュアコーヒー味入り［経腸栄養剤の］	125
夕	鉄板焼き 牛肉 野菜 牡蠣(少し食べた)バター焼き	
	大根おろしポン酢	200
	お粥	50
	りんごジュース・Dakara	110
	りんご 半分 食べ出し	20
		1045Cal

子宮からの液体が出続けて何度もトイレに

2013年12月19日

朦朧とした朝。理由は明らかで、夜中の一時間ごとのトイレ通い。尿意に似ているけれど尿ではなく子宮から液体がで続けていた。これまでもずっと続いてきた終わりのない症状で、大腸だけでなくつらい体調のもう一つの大きな理由で量が多くなった気配。栄養状態がよくなったことも関係あるかもしれない。体液分泌は、カロリーが無駄に使われることになり一般的にがん患者が痩せる理由の一つで、ただでさえ栄養不足なのにもったいない(・Д・)ノ しかも、放っておくとかぶれることにもなるのでウォシュレットは欠かせず、だからなのか夜中にもトイレに誘導されることに。これは、入院前からあった状態で2時間おきがスタンダード。正直言って、これだけでも眠い。1時間おきでは身体がもたない。

これに加えて昼頃にサイズ大で出てからは出そうで出ない。どーっと出てくれたのは 5:30pm 頃で、それまでは朦朧の哀しい一日。手先の冷えがひどくて家にいるのにホカロンを入れた手袋をはめていた。

2013 年 12 月 22 日
今日は、X'mas プレゼントに友人がお見舞いを兼ねてと美術館に車で連れて行ってくださるというビッグイベント。なぜかお決まりのように 2:30 にトイレで、しばらく大丈夫そうで東京都現代美術館に出発。わたしには、X'mas 連休にふさわしいお出かけとなって幸せなひととき p(^_^)q
中華料理店で火鍋を美味しく頂いて帰宅。さくさくと食べ出し。スープがあまりに美味しくていささか食べ過ぎ。

ところで、東京都現代美術館のトイレにウォシュレットがなかったのはショック。ではと、多目的トイレを使っていっそうのショック。ウォシュレットがないのはもちろん、人工肛門の人が利用出来るように設置された蛇口からお湯も水さえも出なかった。もしも、わたしが本当に人工肛門の利用者だったら、美術館事務局に怒鳴りこみたくなったと思います (♯ ` ∧ ´) リノベーションビルにもウォシュレットがなく、中華料理店を決める時にはウォシュレットがあることを確認したという…どこにでもありそうで、そうでもないウォシュレットでした。

狭窄が解消されて食事の幅が広がったが…

2013 年 12 月 24 日
お天気良くなったので昨日よりは起き上がれるものの快調からほど遠い。5:00 に目覚めて急ぎのメールなどにレス。鶏ガラで昨晩のうちに炊き出したスープなどあれこれ始末もして、朝食後はチェブラーシカ。眠くても無理もない。午後は［セカンドオピニオンのため受診した］胃腸科クリニックに。

クリニックの先生に初めて［便が］太くなって狭窄が治りつつあると報告。

まだ［腸が］硬くなり切っていないものだったと確信できてよかったと。何を食べていいのか悪いのかを確認。たくさんいっぺんに食べないのが大事。肉魚は案外消化されるので刺身を含めて食べてもよい、危ないのは野菜の繊維とのこと (*^o^*) なんだなんだ、わたしはずっと慎重路線だったけれど、狭さが解消されてかなり幅が広がった。パンも量の問題で食べ出さないでいいとのことで、食生活の改善著しい♪ (*^^)o ∀ * ∀ o(^^*) ♪ わーい、わたしにとっては、うれしい X'mas プレゼントに。
ところが具合の悪さは進行で重いエンシュアを 1 ダースも持たされたこともあり、タクシー帰宅。激しい悪寒でストーブにかじりついて布団をかぶる。やはり、38 度を超えて発熱、珍しく 39 度まであがり解熱剤服用。タカハシとの外食予定はキャンセル。

がんの数値も大きさも急に悪くなってショック

2013 年 12 月 25 日
今日は朝から発熱。どうしても出かけたくないけれど、大学病院予約の日。がんの数値も急に悪くなって、かつ大きくなっているとのことでショック (*_*)　主治医こともなげに説明。。。ぐすん。でも、タカハシに報告したら、またまたフォローメールをすぐさま返信してくれて少しホッとする。「免疫応答で崩れたガン細胞が血中に入り、発熱しているのでしょう。そのときに血液検査すれば、ガン細胞の成分である SCC 値も上昇します。数日経つと、また小康状態になるはずです」

2013 年 12 月 26 日
さむ～いお天気で、下り坂だし、腸の調子がイマイチだしつまりは朝食食べて洗濯物を干したらいささかどうにも所在ない不安な気持ち。ちょっと寂しいしで、これはいかん！と、出張アロマテラピーにお助け願うことに。なにせ運動不足のカチコチ身体を暖かい手でさすってもらうのは本当に気持ちがいい。やさしい女の子とのリラックスした会話や香りで不安な気持ちもほぐれていく。

これからわたしは、どんな食生活を送ればいいのかというのもひとしきり悶々の原因。以前の計画は総崩れ…正直いうと、さらにはお豆腐、豆乳がキライになってしまうという不思議。以前は好きだったのに。あるとき珍しく、食の本に子宮の病気の人は豆腐、豆乳はあまり食べない方がいいという記述を見つけ、根拠は書いてないけれど直感的なものかもしれないと無理をしないことにする。乳製品として多く摂っていたカフェオレ用牛乳やミルクティーをエンシュアバニラに変えたので豆乳の必要性もほぼなくなったし。好きなチーズはカロリーもあるし少しはいいのではと。
さてまずは食べたかったのに我慢してきたパンを昨日から立て続けに頂き、海苔巻きご飯、いくらご飯など。ご飯をたべすぎないようにと言い聞かせつつ。

我が家での会議と忘年会…そして滝のように嘔吐

2013 年 12 月 30 日
連日のよろしくない体調のまま、我が家でグリーンライン下北沢の会議と忘年会が開かれる予定をキャンセルせず、例によって本番つよしのユリカッチ運だのみ。幸い前日が超下痢だったので痛い苦しいはない日。朝食に、ポタージュ･ボンファム、サーモン乗せパン、エンシュアコーヒーといつも通り。そして、お腹は苦しくなくとも 4:00 の会議開始までエネルギーをできるだけ使いたくなく、いつも通りチェブラーシカ。

忘年会が始まれば、もはや寝たり起きたりではなく、チェブラーシカ←→キッチンの繰り返し。少しだけ食べる。皆さんが持ってきて下さるものがどれも美味しそうでうれしい。(写真を撮りそびれて残念) それでも、食べるものはよくよく選んで気をつける。食べ出しは基本的にせずに食べられるものを少量で。実際に頂いたのは、ブイヤベースほぼスープのみと白身魚一切れ半カップ。鶏レバーの赤ワイン煮一切れの半分。北口の昔からのお肉屋さんの名物だそうでおいしー、とろけたー (*^o^*)

また食べたい！一緒のお店の鶏骨付きつい口に入れて食べ出し。サバの出来たて缶詰めがあまりにおいしい、少しキュウリと一緒に。イクラお寿司一つ、薩摩あげ一口、栗の炊き込みご飯一口、リンゴのコンポート一切れ。ビール 20cc、赤ワイン 15cc、球磨焼酎 5cc、リンゴジュース 150cc。ミルクティー 2 杯。

朝起きてゴミ出しできないので、ゴミの始末までお願いしてお開き。皆さんに心から感謝です。あり得ないほど動いて、でも、無理にでも動くことで筋肉がつくのだとも実感。皆さんがいらっしゃらなければ、熱を出してチェブラーシカしていただけの夜に違いない。皆さんを見送って、テーブルクロスのシミ落としやもう少しの片付けなど 30 分ほど。

そして、滝のように嘔吐。食べたものをぜーんぶ出した。何が原因とはわからないが、すでに胃が疲れていたことは間違いない。緊張の糸がきれて女優タイムの終焉だったか…もはや薬はなにも飲めない。頭の一点が冴えたまま、身体は眠りつつあってもずっと起きたまま 3:00 頃、水分補給のために飲んだ dakara や番茶など 300cc をまるで胃洗浄完了とすっかり吐く。しばらくして前日の水下痢、もう一度分残していたのに出ていなかった分も出て、すっかりゼロ状態。

2013 年 12 月 31 日
30 キロ代という見たことない体重計の数字…(*_*) あまりに痩せてガイコツみたい。

厳しい体調での新年幕開け。何とか頑張ろうと

2014 年 1 月 1 日
わんこの部屋の皆さま
あけましておめでとうございます。新年もどうぞよろしくお願いします。
[ユリカさんは実家でお正月を迎えました]

腸がとりあえず安定して苦しくないのが幸い。わたしも手伝えず、母の負担が大きいので初めて市販のお節料理をお歳暮として取り寄せてみた。食べられないものが多いのは承知で、でも、食べられそうなもの探しゲームのような小さな升目。
ゴボウ、貝類は NG。栗きんとん、伊達巻、煮豆少し、笹に包まれていた黒糖栗菓子と甘いもの系は大丈夫。わたしは、結局、母の作った煮物がおいしくてハッピー。ひとつだけ、上にケシがつぶつぶついたミートローフ干しぶどう入りがお気に入り。どれも 4 つくらいに切って味見程度で楽しんだ。

残念ながらお腹は OK でも、発熱 38 度近くの午後。お散歩行けずでした。やっぱり、厳しい体調での新年幕開け。気持ちが折れないように、なんとか頑張ろうと思います。どうぞよろしくお力添えお願いします m(._.)m

40.2kgでかろうじて40キロ台をキープ

2014 年 1 月 3 日
実家にあった便利グッズ。
1) 湯たんぽ ドイツ・ファシー製 これが欲しかったあ！って、数年前にわたしが見つけて父に贈ったもの (^-^)/
2) タニタのおせっかい体重計
デジタルで久しぶりにちゃんと計測。40.2kg でかろうじて 40 キロ台キープ。年齢などを入力すると基礎代謝量を提示。わたしは、1000Cal 弱でよかったらしい。脂肪率も出て当然すごく低くそれに伴いなんと体内年齢が 32 歳と出て、すっかり老人のようになった衰弱ぶりを嘆いていたと

ころに苦笑い (^_^)a
3) なににつけ最新マシン好きの父のところにはなかなかよいマッサージ機があってよいです。結局、熱が下がらず一歩も実家の外に出ないままに帰宅の日。いささか不安な年明けに…(._.)

2014 年 1 月 4 日
自宅で待っていてくれた年賀状。わんこの部屋の皆さまからも頂いてましたね。ありがとうございました。この状況に年賀状書きは、初めて全面降伏。これだけ Facebook のお友達もいらっしゃるしと、自分に言い聞かせていたものの…いささか困ったユリカッチ (._.)

一人暮らしの間、どなたかが来て頂けるといいな

2014 年 1 月 7 日
今日は 3 日ぶりの排便が苦しむ日々なく、当然のようにやってきて御一行さま、ほぼさっさと出ていきました。腸が普通になりつつあることを実感。とても小食のままではあるものの食べだすことなく頂けるものも増えて嬉しい方向性 … と、ここまでが午前中のこと。やっぱり腸はぜーんぶ出ないと許さないぞモード。午後もトイレ通いにヘトヘト。かつ、嘔吐にも行き着いてフラフラ (つД`) ノ お腹も結局痛くなるし。

2014 年 1 月 7 日
解熱剤が効いている時間帯は少し家事も出来るのですが、やっぱりお散歩、買い物はダメな日がほとんど。実は、ユースケのパリ行きがせまってまして、1/12 ～ 2/1 まで一人暮らしを余儀なくされます。実家の母もわたしが滞在するとドッと疲れるのでそれも難しくです。
それで、まことに恐縮ですが 1 月に遊びに来てもいいよとご連絡頂いていた皆さんのご都合を調整していただき、なるべく毎日、どなたかが来て頂けるといいなと勝手なことを思っています。ちょっとパーティには出来ずでそれも申し訳ないのですが…

なるべく誰かに来ていただく方がいいと、教えて頂いたシルバーサービスに電話をして申し込んでみました。確かにお安いのね。もっと早く知りたかったあ。
シルバーサービスから電話。このエリアで10人待っている方がいるので、すぐにはご紹介できないとのことで（≧∇≦）うまくいかないかも。プロの方って一回2万円くらいなので二の足踏みます…f^_^;) ほんとはさっさと出来ることなのにってね。シルバーサービスは2500円でした。
不思議なことに、昨日、はじめて家事代行というチラシをポストで発見！いわゆるお掃除専門より、こういうサービスが欲しかった。一時間3500円ならシルバーサービスとそれほど違わないですね。ちょっとホッとしました (^.^) ▽
家事代行サービスの会社に早速連絡。善は急げで打ち合わせに来ていただきました。早速、来週16日から毎週木曜日に2時間来て頂くことになりました。しかも、今月は半額キャンペーンのラッキー (*^o^*) ▽

2014年1月9日
今日は、結局、外出は諦めました。腸内運動会がはげしく、嘔吐ギリギリまで食べるのが精一杯。なんだ、ちっとも治ってないよね (/ _ ;)

栄養改善のため
大学病院に再々入院

栄養が全くとれてない状態なので緊急入院に

2014 年 1 月 10 日
昨夜は、嘔吐下痢をセットで 2:00 頃にも。とまれ水分補給をしても受け付けないので脱水状態、栄養が全くとれてない状態なので入院しての点滴が必要に。今日、緊急入院することになりました。
もはや、状況は決定的に…
「S 字結腸部分の狭窄はほぼ改善されたものの、腹膜、子宮の炎症により腸が影響を受けてぜん動しなくなっている。これには大建中湯も効かない。炎症が治まらないとぜん動しないだろう。しかし、婦人科として、この炎症を治せないからこそ熱を下げられないという至難の状態が… 10 月に入院したときの振り出しにさらに衰弱して立っている」という厳しいことに。
とり急ぎの報告です。これから入院準備して…(´･_･`)

2014 年 1 月 11 日 .
ともかく始まってしまった入院生活。どんなことがあっても、早期退院厳守、20 日もしくは 21 日朝退院でゆきたいです。
この数日間は、水分補給のみの数 100 カロリー点滴と抗生剤はやむなし。首から入れる高カロリー輸液をすぐにやって欲しいと希望してましたが、自宅でも出来る埋め込みにした方がいいのではないかとの提案。それは外科担当なので連休明けに…と言われて憮然。わたしも自宅でも出来るならと。そのためには在宅介護医師を探す必要ありと言われたが、すでに東松原にいることをわたしが調査済み。

2014 年 1 月 12 日
今日、ユースケはパリに向けて出発。一昨日は 10:00 すぎまでかかってから飲みにいきへとへとだったけれど刺激的だったという青山店でのイベント。いっそう、世界へ向かって羽ばたいて欲しいです。
そんなユースケですが、昨日はわたしの探し物ゲームのような「持ってきてねリスト」を揃えて届けてくれました。しかも、冷凍庫の整理や残り野菜を使って料理。しかも、気づいてくれてタッパーに入れていたおじややスープの残りを始末してくれたり、あれこれ細かいところまで整理をしてくれたとのこと、夜中までそんなメールのやりとりで感謝感激…

彼の仕事ぶりは決してパリで羽ばたくことだけでなく、こうした暮らしをきちんとしていけるところからも構築されるものだろうとつくづく思っています。

二度と大学病院には入院すまいとブチ切れ

2014年1月14日

今日は朝からブチ切れユリカッチ。もう、二度と大学病院には入院すまいと～(*｀ω´)

週明け［14日、つまり今日のこと］に、外科医に高カロリー輸液を自宅でも出来るポートを埋め込んでもらってから輸液開始と［11日に］聞いていたので、300カロリーの日々もやむなしと心待ちにしていた連休明けの朝。さっくり言われたのが、今日はコンサルテーションだけで埋め込みは木曜日［16日］と。地域連携をしてくれる支援センターへの依頼は、それが終わってからにしますと。

これでは、20日退院の可能性はゼロになる。ともかく前倒しで、地元でケアをしてくれる医師や看護師の確保は先決。帰宅した翌日から必要なことなのだ。今日から動かなければ間に合うわけがない。

わたしのモーレツな剣幕に、ラッキーなことに優れた看護師さんが受け止めてくれて、わたしが調べておいたクリニックの電話番号などを支援室に届けてくれて手配を始めて下さった。

外科医の日程変更は難しそうなので受け入れ、それでも木曜日から月曜日まで5日あるので、なんとか自分でもポートに慣れる日数があることは確認。予定は変えずに済みそうで、機嫌を直しました。

夕方、タカハシも来ての CT 説明。ともかく、わたしの腸が部分的な狭窄という症状がなくなっても、子宮の炎症の影響から全体的に動きが弱くなって今回のようなことはこれからも起こるだろうと…

そして、例によって子宮についても、「不可逆性はありませんから = 治りません！」と断言。

朝から晩まで、つらい一日でした。・°°・(> _ <)・°°・。

介護認定の申請で自分の重症度を自覚することに

2014 年 1 月 15 日

さて、今日もフラフラは止むを得ない。でも、血液検査で飛び抜けて高かった炎症が治まったのは明るい兆し。自宅に帰る準備も進みつつあるのがうれしい。

昨日から動き始めてくれていた退院支援室の看護師が部屋に来てくれる。元気なお姉さん、わたしのカロリー記録にびっくり。これだけデータがあれば、どれくらい輸液すればいいかも話し合えるし、自己管理が安心と。医師、看護師を手配するために［訪問診療を申し込む予定の］松原アーバンクリニックに連絡をとってくれている。

タカハシもさっさと近所の介護支援センターに行って介護認定を依頼。なんと午後には電話が来て、自宅から 5 分の事務所の人が大学病院にまで金曜日に来てくれることになったのにはビックリ。

わたし自身が点滴のパックを取り替えたり、始末が出来るようになることが退院までに必須。看護師たちがわたしに教えようとチームを組んでくれた様子がわかるのがありがたい。ともかく、今の栄養状態では体重が増えないので、点滴は止むを得ないが 1000 カロリーで 12 時間、500 カロリーで 6 時間もかかるのは予想以上だな…週に 3 回訪問看護師が来てと、介護認定の申請と共に自分自身の重症度を自覚することにもなり、いささか辛くもある。それでも、自分のペースで生きていくことに向かえるのは悪い気分ではない。

CVポートをつけるミニ手術…結構つらかった

2014年1月16日
午前中にあった（CV）ポートをつけるミニ手術。けっこうなん針も縫うもので、痛みは一日中続いてちょっとつらかった。しかも、痛みがなくならないと訴えても、予定していたポートと点滴の扱いについての練習は、きっちり3:30から開始。まいりました(^ ー°　)
でも、月曜日帰宅予定を遂行、体力回復するために必要とがんばる。ただし、今日、とんでもないことを初めて知った。なんと高カロリー輸液のパックは1000カロリー =12時間かかるものしかないというのだ。ジョーダンでしょ。わたしは、ちゃんと食べられるようになれば、1000カロリーは食べられるので、500カロリーでいいはず…(・・?

あれからが痛かったよー。で､痛み止め入れてもらって 寝てました。やっぱり、ちいさくても縫えば痛いな> _ <

介護保険の家事援助の話は驚きばかり

2014年1月16日
介護保険の家事援助の話は驚きばかりで､さて､明日はどうなることやら。まず､主婦が患者でも家族が同居していたら原則､認められないとのこと。日本人男性の家事能力および、そんな時間があるというあり得ない前提なのだな… そこで、わたしはカロリー摂取のために食事をしたいが、調理だけを支援希望項目にすることに。すると、料理は患者の分だけで家族の分は作れないと言われてびっくり。主婦が自分のためだけに料理するという前提はどうしたら思いつくのだか(´・Д・)」
そこで、わたしの2日分の食事を作ってもらうという言い方を思いついたり… いやはや、明日のためのとんでもない作戦会議でありました。
(・ω・)ノ

2014年1月17日

海外の有名ファッションジャーナリストたちが、ユースケの作品を着て現れてくれたと本人も感動です。

わたしは痩せた身体にポートが痛くて痛くて発熱してるのですが…ユースケえらい。しかも、今日、病院に来た介護認定の方に家族同居でも、息子がどれだけ海外出張も国内出張も多いかの証拠にユースケが紹介された雑誌を見せたら、すぐに理解してもらえました。ほんとに彼が忙しかった12月に帰宅してからたまった食器を洗ってくれたりしていて、もう限界だなと ... 認定する人に感心されました。ほんとに、仕事とは別にどれだけ大事にしてくれているか、そんなユースケにも胸がいっぱいになります (p_-)

2014年1月18日

昨日は、朝からポートを使った高カロリー輸液の点滴が、昼からは重湯レベルの食事が始まりました。

ポートの埋め込みが、普通は皮下脂肪の中に入るらしいのですが、皮下脂肪のないわたしは直接の刺激となって痛みが強くてまいりました。痛いいたいとうめいていたら熱まで出てさんざん / _ ; 痛み止め解熱剤を点滴するととすごく発汗して、すぐに熱が下がるのですがまた何時間後には発熱と一日中ふらふらでした。

輸液と食事から栄養も入って元気になっていくといいな。食事を始めたら入院前日の盛大な下痢のときに出そびれたまま居座っていたひとグループがちゃんとで始めました。ポートの痛みは数日で落ち着くといわれてます。

家に帰るとの固い決意で退院

2014 年 1 月 19 日
いよいよ、[家に帰るとの] 固い決意での明日の退院に向けて、点滴をつないだり外したりは、看護師さんも驚く覚えのよさで、あっという間に出来るようになりました (^-^)/ 金曜日から食事を始めて、今日はすっきりするほど便も出てこちらも OK。

2014 年 1 月 20 日
退院準備にヘトヘトで倒れそうになり、なんと 8 階からタクシー乗り場まで車椅子に乗せてもらっての帰路。ほんとうに歩けなくなっている自分に気が滅入る。ともかく、明日夕方に来て欲しいと言われていた松原アーバンクリニックはキャンセル。タクシーですぐだからと思っていたが、一人の外出が心配に…(._.)
ともかくも 5:30 頃に無事帰宅。
10 日ぶりのお風呂にゆっくり入ってほっこり。しかし、実はポートをつけたことで、今日は病院から帰宅で針も抜いたが、いつもは針と器具を身体につけたままの寝起きで、入浴も濡らさないようにビニールで覆って下さいという説明をされて唖然…毎晩お風呂が楽しみなのになんということ (･･;) 聞いてないよ！とすごく哀しい。食べられてさえいれば、点滴も必要ないのだけれど、腸の状態は努力では如何ともしがたい。
とまれ、明朝には早くも訪問看護師さんが来てくれることに。どんな生活が始まることやら。さて、湯たんぽにお湯を入れるのも看護師さんに頼めないのだな。ゆっくりと様々な日常生活へ。

自宅療養
訪問診療の開始

初めての訪問診療…よい環境が整ったことで安心

2014年1月21日

久々のお風呂が気持ちよかったか、いつもの羽布団と毛布にくるまれて安心したのか記録的な熟睡。3:00に一度起きただけで6:30すっかり朝になって目覚めました。しかも、驚いたことに、36.3度というまったくの平熱。心配したお腹の痛みもなく、朝食後、昼食後にちゃんとガスも便も出て、こんなにお腹が痛くも苦しくもない日は珍しいほどの幸先のいいスタート＼(^o^)／

9:00前にタカハシが出かけて、やっとのことでちょっとだけ部屋を片付けたところで9:30に訪問看護師さん現る。とても親切で感じのいい方と、あれこれ。いざ、点滴をつないでみたら、病院からのパッケージに重要部品が不足していて終わるときに困ることが判明、その部品とお風呂用に便利なテープを夕方に届けて下さることに。明日の朝も、一人では心配でしょうからと来て下さることになり、今週は金曜日もと医療保険の規定週3回までをそのまま適用。 2時間も滞在して湯たんぽもいれて下さったり。看護師さんがいつもいるとは言うものの、いつも忙しそうな病院とは大違いと改めて自宅の良さを感じることに。木曜日の午前中にはクリニック医師も来訪と、今週は毎日、医療者に立ち寄って頂けることになりました。明日にはケアマネも来て下さり相談にのってもらえるというし、よい環境が整ったことで、とっても安心した気分になれました。ε-(´∀｀; 無理くり退院は吉とでたようです。

CVポート - フィルムをうまく貼れず大騒ぎ

2014年1月21日

［訪問］看護師さんが残していってくれたフィルムのたまたま端っこが不良状態でくっつけることが出来ず、お風呂準備から大騒ぎ。4:30に来てもらった両親でしたが、あれこれやってもらうことが多かったり、夕方に看護師再訪もあり食事開始が8時近く。入浴は10:00になってしまっ

たが、母が心配してどうしてもお風呂から出るまでいると言ってくれて父も大サービスでお付き合いしてくれて一人じゃなかったのは幸い。しかし、今日、母にやってもらったことを全て一人でこなすことって出来るのかと、やっぱり、一人が心配の明日からではあります。

2014年1月23日
昨日は、8:30に点滴が終わって、早めだけれど、友人に風呂に入るときのパウチ貼りを手伝って頂いた。朝に来てくれたもう一人の看護師さんから、パウチに布を挟むことを勧められ、作業はさらに複雑に…とても一人で出来ることではなく、友人の帰宅タイムリミットの8:50ギリギリまで一緒に悪戦苦闘。いて下さって深謝でありました。
ところが… やっぱり濡れてしまった。実際問題、曲線部分もパウチしようとしても無理。中の針が濡れなければ慌てなくていいとわかっていたのでよかったけれど、さて、今後どうしたらいいかは、今日来る医師にも相談してみましょう。

今日、クリニックの看護師から唖然の指摘。「もしやして、ブルーのシートを剥がさなかったのではないですか？」えぇ…あのゴワゴワになって不思議だったもの、剥がすという説明は聞いていない！つまり、両面をはがしてごく薄いものにするのだった。(◎ _ ◎ ;「あ、よくいるんですよ。とらない方」って、よくいるに決まってますよ。わたしに説明した看護師から説明を聞いた人は全員に違いない (｀ _´) ゞ やーれやれ… しかも、さらに進化したグッズも紹介され、それにはすでに布が最初から貼ってあるではないか (≧∇≦) ただし、わたしには少し小さいので常用には不向きだが、とりあえず、今夜はかなり簡単に貼れそうな…点滴が終わる頃に訪問はさすがに無理とのこと。もはや、濡れても中まではいかないだろうと居直りまする。

2014年1月25日
今日こそはと30分も時間をかけて万全のつもりだったがとうとう、連戦連敗のお風呂防水。針のところまでお湯が到達。その時は抜いて下さいと言われていたけれど、コツがわからずに痛くて、使うとは思っていなかった 24 時間対応の［松原アーバンクリニックの］梅田医師の携帯電話に 11:20 に電話をして相談。そうだよ、ただ抜くなんて乱暴な教え方。押さえる左手が大事だったではないですか！早速、明日の朝、10:00 に梅田医師が針を入れに来てくれることになりました。よかった (^.^) ▽

突然の極端な悪寒、発熱

2014 年 1 月 30 日
今日もまた… 午前中は 36.8 度だというのに、ピタリ 12:10 から極端な悪寒が始まりました。今日は、たまたま 11:00 の訪問看護師さんが、10 分遅れでいらしたので、彼女がいる目の前でわたしは激変。あー辛かったよ…。・°・(ノД`)・°・。
いきなりガタガタと歯の根が合わなくなり、寒いよー、寒いよーとお布団をかぶって湯たんぽ抱えて身体を思い切りこわばらせて呻くことに。彼女がいてくれたので羽布団を持って来てもらい、喉の渇きに冷蔵庫から dakara を用意と、最初の日にはやりたくても出来なかったことを手伝ってもらい、それでも辛くてつらくて我慢の 40 分…30 分を過ぎると身体の発熱が軌道に乗るのか辛さがおさまり、39.2 度の熱へ。今日は、すでに抗生物質の点滴を始めていたので落ち着きよく、なんと 1 時間後には 38.4 度に…発熱の悪寒の辛さは何とかしてくわさーい (つД`) ノ

タカハシの説明によると、どうやら、悪性腫瘍での感染による発熱に多いパターンらしく、弛張熱というものらしいです。抗菌薬で感染巣を叩いていけば、次第に治まっていくのではとのことですが。そうか、こういう病気なのか… (´-`)　かなしいよ…結局、ずんずん衰弱していくのかなあ。立ち直れないのかなあ。ちょっと凹んだ。

明日は、大学病院をキャンセルして、代わりに在宅医が来てくれること

になりましたが、あーあ、あすも悪寒で発熱なんだろうな…抗生物質のおかげですぐに熱は下がるものの辛くてぐったり。はたと気づいたら、午後も夜もずっと一人のもようで心配です。どなたか立ち寄って頂ける方いたらうれしいです U^ ェ ^U

梅ちゃん先生…

2014 年 1 月 31 日
梅田医師が 11:30 に来訪。このとき 36.7 度。梅ちゃん［ユリカさんは親しみをこめて梅田医師をこう呼び出した］は、これまでガン熱では悪寒がなかったこと、ポートから輸液を始めた直後の発熱だったこと、何度もお風呂浸水もしていることからポートの感染を疑うとのこと。それで悪寒が伴う発熱はよくあるそうで、抗生物質を数日ためして止められなければ、手術で取り出して入れ直すしかないとのこと。今日は輸液をせずに、抗生物質だけを入れて様子をみてこの土日にダメなら取り出すという説明。なるほど…
12:10 頃の悪寒が多いので、11:30 に来て様子を見ていて下さったのですが、なんと 12:35 に帰られた直後、12:45 から悪寒が始まりました。今日は昨日より軽い悪寒で助かりましたが、39.8 度の発熱。36.7 度から 15 分に一度という急上昇。そして、2:30 くらいまでは大変に苦しいのに、2:45 には、38.5 度。3:45 には、37.5 度と 1 時間に 1 度ずつ下がっていきました。ほんとにまいりまする（≧∇≦）

2014 年 2 月 2 日
結局、ポートからの感染が明らかで、だから輸液を始めて一時間後にいつも発熱でした。今日は、医師が来るのが遅く、4 時頃つけたので、5 時すぎに悪寒が始まり、まだ、帰ろうとしていた梅ちゃん、ずっと背中に手を置いてくださってやさしい。抗生物質で抑えられないことがはっきりしたので、明日、自宅でポートを取る小さな手術をすることに。
来週金曜日に再度埋める手術をクリニックでやることに…という予定で

いたけれど、このポートを埋める方法より「末梢挿入中心静脈カテーテル（peripherally inserted central catheter：PICC」で腕から入れる方がいいのではと梅ちゃん思い直しての提案。お風呂カバー失敗で、また感染もイヤだしいいかも。いずれにしても、今週の金曜日に松原アーバンクリニックで小さな手術をすることに。

自宅でポートの取りはずしの手術

2014 年 2 月 2 日
それにしても、梅ちゃん先生は次の約束がないこともあり、話好きモード全開 (-_^)　患者の話を聞くというよりは延々と自分の話をいい声で…昨日までに、いらしたときに、2005 年に在宅医療のクリニック開設までのご苦労や思いを相当に伺っていたので、恥ずかしながら『病院からはなれて自由になる』［ユリカさんの自著］をお渡ししたところ、98 年にこのタイトルと内容はすごいと感動されました o(^ ▽ ^)o そんな前提をお伝えしたこともあり、この土日で様々なことがわかり、またもや偶然の連打にご縁を感じました。
こんな親身な医療ケア… 今日の局所麻酔でポートを取り出すミニ手術も、話をしているうちに終わってしまいました。病院でやるより、はるかにはるかに快適 (*^^*)　おしゃべり好きな先生の方が、やっぱり有難いです。

手術後の抗生剤 30 分の点滴が終わったら帰るとおっしゃっていたのに、さらに話ははずみ、ともかく水分補給をこまめにというのでチャイが飲みたく、とうとう、梅ちゃんたちにも紅茶までお出ししてのお茶会モードに (^.^)　憂鬱だったポートはずしのゲンナリした気持ちがいつの間にか吹き飛んでました。まさに、病院からはなれて自由になってる
＼ (^o^) ／

「まだやる気満々じゃないですか」と梅ちゃん先生

2014年2月3日

クリニックの看護師さん、今日も、栄養点滴をいれがてら様子を見にきてくれました。2時間の点滴後は、昨日に続いて、たぶん抗生物質の副作用での下痢タイムでヘトヘト。

梅ちゃん先生は、正直に教えてくれましたが、大学病院からの紹介状からは、どれくらいのターミナル患者かわからなかったと言われました。やっぱりそうなんですよね…大学病院の医師にしてみれば治療法がなくなって自宅で対処療法の措置を在宅医にしてもらうというところで、すでにターミナルなんだろうなあ(´･_･`)

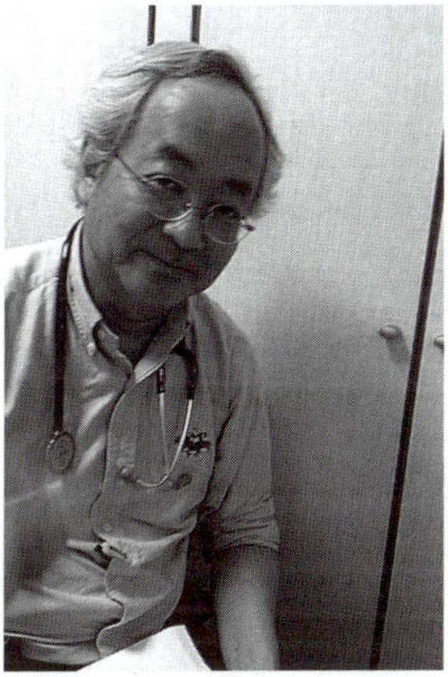

でも、「どれだけポジティブに生き甲斐と生きる気力を持っているかで、ガン患者のあり方や生きる年数は全然違いますよ」と。「高橋さん、まだまだやる気満々じゃないですか、一緒に頑張りましょう！」と

(=´∀｀)人(´∀｀=)もっちろんですよ！！

いろいろワガママでご迷惑おかけしますが、本気度100%ヾ(@⌒ー⌒@)ノ

皆様、どうぞよろしくお願いします！

PICCを腕に入れる。ミニ手術とはいえちょっと怖い

2014年2月6日

点滴タイムはまったりとソファーベッドタイム。昨日に引き続きなんだかよく寝た。腕からの点滴はポンプがないので厄介。寝ていると落ちるが、立っていると落ちにくいなどでスローになって結局2時間の予定が4時間かかったり… 寝いったときに終わったことに気づかず血が逆流してちょっとパニックにも。電話で相談して解決しましたが、在宅での1人点滴はやっぱり怖いです。家事代行の方の日。洗濯物たたみ、キッチ

ン床掃除、トイレ掃除、部屋掃除など。お風呂掃除は間に合わなかったもよう。

さて、バリバリと［ユリカさんが代表をつとめるグリーンライン下北沢の自宅での会議の］準備を開始。とても直前まで寝ていたとは思われないだろうユリカッチに変身。少しでも食事をすると横になって休みたくなるという状態は避け難く、もはや堂々と湯たんぽ抱えてソファ行き。食事タイム後はリビングに移動。声と発言は元気で今日の会議もサクサク決定 (^-^) ノ

2014 年 2 月 9 日
今朝はなんとなく元気がステップアップした気分で、まさに免疫力アップしたのかなと (*^_^*)
食欲もあってゆっくりの昼食後に、末梢挿入中心静脈カテーテル（PICC）を腕に入れるミニ手術のために松原アーバンクリニックへタクシーで向かう。
小さな手術とはいえ、心臓近くまで、透視映像を見ながらカテーテルを入れ込むのは怖い… ちょっと簡単ではなく梅ちゃん先生も真剣な表情で 1 時間ほど。気持ちがへとへと。看護師さんに、今度こそ入浴で濡らさない方法をご指南いただき、帰りのタクシーでは、もはや病人モード全開。
それにしても、初めて使い始めた PICC。入れる輸液は始めの CV ポートのときと一緒で、最後にヘパリンロックまたは生理食塩水を注射器で入れるという方法も一緒。自分で始末が出来るはずだったのに…夜の 9:30

頃に終わってやろうとしたら、なんと、腕から出ているラインが短すぎて右手左手を使ってねじってつなぐラインを外して注射器を差し込むという動作を自分で出来ないことが判明。途中の継続点から差し込めばいいと気づいたものの、やろうとしたらたくさん空気が入り込んでアウト…慣れてないってこういうことだわと、大慌てで電話するも解決策がなくオロオロ (ノ _ <) と、そこにいつもだったら 12:00 頃まで帰宅しないユースケが大雪だからと帰宅。半べそママのラインのねじを外して注射器を差し込んでくれましたε -(´∀｀ ;) ほんとにねえ、これだから一人でいるのは怖いのだわと… お風呂の準備も工作坊やのユースケにお任せでバッチリ。これまた、正直言ってビニール袋をガムテープで右手に左手だけで止めるのは至難の技と発見。病人の一人暮らしは、やっぱり大変だな (´·_·`)

社会に出られない疎外感が悲しくなった

2014 年 2 月 12 日
このところ、なにかイライラが積み重なって疲れ気味。すこしのことでも切れやすくなっていたユリカッチ。大雪の日にしんしんと降り積もる雪を見ながら、心がほんとうに折れてしまう寸前の精神の危機に陥りつつあったようで…＿|￣|○

あの日［2 月 8 日］、この吹雪の中を出かけられないのは当然として、明日、わたしは近所の小学校に投票に行けるのだろうかとはたと思いつく［東京都知事選挙のこと］。慌てて投票用紙引換券の裏面を隅々まで読んでみた。期日前投票についての詳細な記述にも、家から出かけられない人の話はない。病気の人でもなんでも、投票所に自力で行くことは原則だった。大げさにも急に社会に出られない自分の疎外感が 悲しくなった。
(/ _ ;)
結局、投票日は晴天。投票所まで雪掻きされた道を選びえらび、なんとか出かけることが出来ました。とりあえずの責務を果たして疎外感が深まらずによかった。
入浴の準備にテープをユースケに巻いてもらおうとしていたときのこと。ユースケの心ここにあらず。「巻けばいいんでしょ」モードでつい怒る。すると、思いがけず上から目線の「やってやってるのに文句あんの。頼み方がなってない」発言… お風呂に入ることが毎日どれだけ大変なことだったか、それでも感染させて高熱と悪寒に苦しんだか、ユースケには真剣な入浴準備の意味がわかっていない。すなわち、パリから帰ってきてもママのことを見ていないので、状況がわかってないと悲しみが爆発…こんなにも退院してからも出かけられないままとはという思いとあいまって、息子の前で子どものように大泣き。。・゜゜・(＞ｏ＜)・゜゜・。お布団かぶってヒックヒックってなるまで泣いてた T^T 。。。

でも、お風呂に入ってユースケ呼んで、被せたものをとることも実は一人では大変なことで、昨夜のユースケは全くそのことにも気がついてなかったと見せたらハッとした顔に。彼も反省した様子でじっくりと話を聞いてくれた。一度は必要だった大げんか。どーんと凹んだタイミングで、わたしもこれまでの我慢や明るく振る舞いたい思いも吹き飛ばして、ひたすら泣きたかったのかもしれません。ほんとに動けないことが悲しく悔しい。。。

まさかの要介護度3！

2014年2月15日
ほんとによく食べるようになった。水曜日には、ご飯を炊いて自分でおむすび作って食べました。o(^_^)o 明太子、シャケほぐし、おむすびにはしないでイクラご飯！美味しいよー。カレーライスも少しずつ連日。こんなに美味しいものを数ヶ月食べていなかったなんて…カレーはご飯茶碗軽く一杯とまだ量は少ないですが大躍進 V(^_^)V　そして、残念ながら、便はでてもこちらも少しずつで、毎日、お腹が痛苦しい時間が長くてつらいです…ヽ(´o｀；　座骨神経の痛みには、痛み止めを常用でなんとかしのいでます。

木曜日に要介護認定の結果を知らされましたが、なんとまさかの要介護度３！　要介護度１がせいぜいだろうと思っていたので、びっくりというよりちょっとショック (*_*)
判定の方がいらしたのが入院中の絶不調のとき。確かに個室の中にあるトイレに行くのが精一杯で、一歩も部屋の外を歩けない状態でしたが、それにしてもいささか親切にも水増し状態なのか、あるいは、梅ちゃん先生が話していたように主治医の診断書からはターミナル患者と読み取ったとのことだったので、それが基準になって今後の予想込みなのか… 得てしてこんなことくらい出来るだろうという思いが裏切られ続けているのもまた事実。やっぱりねえと、このところの自己評価と現実のギャップが裏付けられたようでもあり複雑な心境 (･_･;
要介護度３の患者が週末に自宅でパーティをやるからと退院なんて、そりゃ医師たちに無理くりと思われても仕方なかったのだろうなと改めて…

いえいえ、今だったら要介護度３じゃないですよ。訪問看護師さんからも、そこはお墨付き。料理も少しはやるようになったし、ずいぶん元気になったものです。

2014年2月15日
金曜日は、NYから来日中の建築家Ｓ氏と小林さん［小林正美さん。ユリカさんと同じくグリーンライン下北沢の代表をつとめている建築家］がうちに来てくれることに。アンコウ鍋、シシャモやカラスミと球磨焼酎を楽しんでいただこうかと (*^_^*)　たまたま、ヴァレンタインデー。池の上のピエールのチョコレートがあるといいなとユースケに鍋用の野菜とともに買い物を頼んだけれど帰宅が遅くなり、どちらも買えず残念。買い物に行けないのは哀しいな。そうなると、ちょっぴり逆期待。アメリカではヴァレンタインデーは、日本でのように女性から男性ということではなく家族や友人たちとのこと。お花のプレゼントも多いしなと…うふふ (^.^) でも、こちらも残念ながらそれはなかったな。そういえば、小林さんには毎年チョコはプレゼントしてもホワイトデーの概念はないみたいだしな…(´・_・`)　このところ、ほんのちょっとのプレゼントに癒されることが多くて、プレゼントを頂くのもするのも大好きになってしまいました (^-^)/

問題は痛苦しい時間が長いこと

2014 年 2 月 22 日
なかなか体調はアップダウンまで行かずアップなしで低調なまま。実は、公園のテニスコートの抽選を当てていた日で、一昨年はポカポカ陽気の中、テニス後の寿司ピクニックまで楽しんだので［今年も］行けたらと密かに願っていたけれど…いつものように痛苦しい朝でした。(´・_・`)
Facebook でアンジェラ・アキのミュージックビデオ。なんだか涙が止まらなくなりました…色々な思いで胸がいっぱいに (; _ ;)

2014 年 2 月 27 日
なかなかわんこの部屋に書けない日々。梅まつりに公園に行きたいという目標がクリアできなかったところで心がちょっと折れた感じ。雪の重みに耐えかねて、こんな太い幹も折れちゃったの…という樹々の気持ち(p_-)

食べることについてはかなりのレベルまでよくなって便も出るし、苦労していた点滴での入浴の課題もなくなり、日々の状況としては喜ばしいことが多いのです。でも、問題はそれでも痛苦しい時間が長いこと。夜間も昼間も、すなわち昼夜を問わずにトイレ通いが、長くて一時間おき、みじかいと 30 分おきというのがクタクタの原因でもあるのは承知。誰だって夜中に 1 時間おきに無理矢理起こされたら、翌日の昼間は眠くて疲れてますよね。トイレの電気もあんまり頻用で接触悪くなって消えなくなってしまいました (o_0)

改めて生きていくと強い意思をもって、ポジティブに楽しく日々を暮らすところにしかフツー以上に生きていく道はないと。そうそう、6 年後オリンピックじゃなくて、［グリーンライン下北沢の活動テーマでもある］小田急線上部利用の完成を見ることは目標です *\(^o^)/* まず本人がそう思わなければ道はなしですよね。

梅ちゃん先生にも、宣言 (^o^)/ オリンピック選手見てたって、本人の意思と支えるチームだよねと梅ちゃん。こんなにたくさんのわんこの部屋にいて下さる皆さんや医療者と家族というサポーターに恵まれているのですから、ここで本人が折れてちゃしょうがないですね o(^ ▽ ^)o 落ち込む時間がもったいない。ちょっと今回は、出かけられたら治ると思っていたので長引いてしまいました。でも、やることがあることこそが救いですね。

もはやモルヒネ…という提案にギクリ

2014 年 2 月 28 日

よーし、春が来た！心機一転、立ち直ろうっと＼ (^o^) ／ と、宣言するかのようなイメチェン髪形に成り行きでなってしまいました (^ ◇ ^;) 正

直いって、我ながらビックリするほど元気そうな写真で呆れました。
徒歩7分ほどの美容室へ。椅子が硬い木製と気づいたので低反発お座布団持参。
さて、美容室から［梅ちゃん先生も関わっていて婦人科医のいる］桜新町アーバンクリニックに直行。

エコー検査からわかったことは、ほぼ予想していたように、現在の痛苦しさの原因がガンが大きくなったことからの影響だと確認されました。［婦人科医師によると］直腸を圧迫して、食後や直腸の動きが子宮と連動して底がぬけるような痛苦しさに…さらには横に広がったことで神経を圧迫して座骨神経痛のような痛みになっているとのこと。もはや、モルヒネを使って痛みをコントロールしてもいいのではという提案にギクリ…
血液検査からの指標となる数値も倍増していて、このひと月で急にガンが悪くなっているのではないかと薄々感じていたことが裏付けられてしまうことに (._.)
直感は当たりますね。数日前に書いていた通りなんです。そう！だからこそ心機一転 (^-^) ノ 新しく出会った美容師さんにもポンと背中を押してもらった気分です。
腸が良くなったし、美容室にだって行けたし、これから元気になることを積み重ねていくことにしようっと (^ з ^)- ☆ ほんとに頑張ろうっと！

ほんとは泣き伏したいほどだったのですよね

2014年3月2日
ほんとはクリニックでの婦人科の先生との会話は泣き伏したいほどだったのですよね。。・°°・(> _ <)・°°・。 痩せてしまってお尻が痛くなっ

たところは歩けるようになれば治っていくと思っていました。でも､もう､治らないという指摘で、実は左だけではなくこの数日右にも痛みを感じるようになっていたところ… モルヒネでこうした痛みをコントロールしていくというのは紛れもないターミナルケアと呼ばれること。やっぱりそうなんだと診察室では武者震い…(; _ ;)/~~~

昨日は、6:30 から一時間の朝一家事で、夜の会議に来る方のために料理を作りました。やっぱりご飯作りは、そうとうに元気がなくてもこなせる好きな仕事。料理と食器を合わせるテーブルコーディネートも好きなこと。やっぱり『ミセス』［ユリカさんは、20 代の頃、雑誌『ミセス』の編集者でした］は大好きだったな。せめて、来てくださる方に美味しいものをと、これだけはぎりぎりやらせて欲しいこと。でも、それも、いつかできなくなるにだろうと思うと泣きたい気持ち…(; _ ;)

「アメリ」［2 月 28 日にカットしてもらった髪形が映画の主人公に似ていると言われて］になりきり元気と、ものすごく哀しい気持ちに揺れた 1 日は、確かに少女のようだったかもしれない。と、ここまで書いたら、急に頭が下北沢について書きたい原稿でいっぱいに… わたしの場合は、「原稿」を別格に考えすぎるところがあって、ブログもなかなか更新できなかったりしているけれど、こうやって指一本 iPad 原稿でもいいのかもしれない。それを膨らませていくこと。もはや、病気の進行や泣きたいことで報告してもしょうもない。昨晩［自宅での会議のこと］のわたしにしては動きすぎでいささか疲れた行動も、かえって熟睡薬となってよかったもよう。

涙からは脱却しよう。お仕事ユリカッチ始動 (￣^￣) ゞ

痛いよ、痛いよと言いながらデザート

2014 年 3 月 3 日

朝の痛苦しタイム。どうやら薬が12時間も効いてないらしく、じわじわ6:00くらいに始まり、相変わらず朝食後に爆発。11:00の看護婦さん来訪時には治まるが、明日、梅ちゃん先生に薬の相談は必須。.

2014年3月6日
痛いよ、痛いよと夕食前より、マッサージが終わって起き上がれなくて…>_<… でも、痛いよと言いながら、どうしても食べたくなって買ってきてもらってスライスしたレンコンをさっと湯がいて、オリーブオイルとバルサミコ、モッツァレラチーズとトマト, レタスのサラダを寝込む前に準備していたものをユースケと食べる。一人じゃ起きあがらないな…ブイヤベースのスープスパゲッティも少し。だいたい、夕食は思うよりも食べられない…すぐに痛くなってマッサージで床に敷いたままのベッドに転がりこむ。

痛いよと言いながら、デザートにパウンドケーキと生姜黒糖チャイ。(>_<)
あー、間違って夕食後の薬を昼食後に飲んでいるのに効いてないじゃんとガッカリ…Σ（・□・；）

2014年3月7日
朝の痛み止めパッチは奏功…朝食後の痛苦しい時間なくハッピー！ よし、今日はお天気もいいしと、3時間で点滴をやめて1:20に散歩に出発。

痛みどめの薬をうまく使いこなせず…

2014年3月11日
金曜日から続いた連続お出かけ記録は今日でストップ (´･_･`)
痛みどめの薬をうまく使いこなせず、明け方から痛くて不快で頻繁に目覚めて気持ち落ち込む。痛みに意識が集中すると、病気が悪くなってる、これからどうなるの…(;_;) という弱気モードにひたすら入り込み、朦朧と寝不足頭は薬の奏功時間が切れてしまったのだから変な時間でも痛み止めを飲むべしという判断には行き着かない。

結局、超寝不足のまま、いつもの時間にピザトーストとヨーグルト、エンシュアカフェオレの朝食を食べて、「食後の薬」になって初めて、ああ、早く痛み止めを飲めばよかった！と思い至るおバカぶり (·_·; こんなお天気がいい日に、痛い眠いで一日がくれてゆく…Σ（・□・；）

ちょうど梅ちゃん先生来訪日で薬の相談。うまく使いこなせていれば、元気に外出が出来るのだから、なんとかそうなるよう工夫が必要と。本来 12 時間の奏功時間がわたしにはどうやら 10 時間なのだから、食事と関係なく 10 時間ごとに飲むと言い聞かせること。忘れるとこんなに不快と落差が大きいことがよくよくわかったのだから、もう忘れなーい (·ω·)ノ　朝食後の9:00に飲んだから、夕食前でも7:00の薬を飲んだところ。お次は 5:00am。でも、毎日、その時間にもトイレに行ってるもんね (^-^)/ 昨夜の寝不足はたっぷりのお昼寝で挽回。明日はいい日になりますように。

パリに行きたい…そんなことも叶えられないのかな

2014 年 3 月 14 日

昨日の落ち込みに引き続いて、お天気も良くない今日はぺっちゃんこ。

目標達成させたい人なので、させられないと凹みがち。このまま、回復も小康状態もなくターミナルに突入なのかなとか…どうにもポジティブになれずに、お布団かぶってまあるくなって過ごしてました。

それにしても、ダメですね…どうにも立ち直れない感 (._.) でも、ちょっと良いことは、短時間でもぐっすり眠れている感があること。夜中も夜明けも、自分のベッドの羽布団と毛布がタフタフと暖かくて、ベッドに戻ると、また眠れて幸せだなあって再びぐっすり。ちょっと頻繁に起こされる状態と身体が折り合っていっているようでよいです。

ユースケと一緒にパリに行きたい。まさか、そんなことも叶えられないことになるのかな。これから面白そうな人生なのに…今年の夏はラスト

チャンスなのかもしれず、ともかく飛行機に乗れるほど元気にならなくてはね (^O^) ／

在宅ケアを受けるのは結構な出費 (>_<)

2014年3月15日

今日のユリカッチの行動力、目標達成力ときたら、昨日のもうすぐ死ぬかもしれないというネガティブな状況から、我ながら驚きの回復力でありました o(^_-)O

ともかくカラリと晴れた青空に救われた朝。ともかくまずはちゃんと朝ごはんを食べようと、きちんとモード。1:00過ぎには出発。月末になって、郵便局や銀行に払い込みもたまって一仕事。在宅でケアを受けるのは結構な出費 (>_<)

昨日までの寝込み方からよくぞ立ち直ったもの。とはいえ、その場でダウンでタクシーを呼ぶも見つからず、Kさんに車で送って頂く。息も絶え絶え、やっとの事で点滴をつなげてソファに倒れこんで熟睡。

足がパンパンに張っていたり、明らかに筋肉疲れ。ほんとにまったり…

終わってから、今日買ってきた美味しそうなまあるいパンでカマンベールサンドイッチを作ってジンジャーティーとカステラで軽いお夜食。疲れもとれました p(^_^)q

このまま元気になれたらどんなにいいか…ところが

2014年3月18日

どうも、睡眠・痛み止め・タイミングの三拍子のバランスが良いと爽やかな朝になるようで、まさに昨日がそんな朝 *\(^o^)/*

痛み止めは 6:00 に服用。ちょうどいい時間だったのか、いつもの 8:30 の朝食 (スクランブルエッグ一個分、まあるいパン一個半にバター、エンシュアカフェオレ、ネーブル半分 = ほぼ普通の分量) を食べたあとも、お腹の痛苦しさはなく、ただし、いつものように一時間ほどのトイレとの行ったり来たりは避け難く、でも、その後もぐったりとソファに倒れ込まずにテキパキと整理など。

このまま、元気になれたらどんなにいいかと迎えた今朝。ところがどっこい、そうはいかんのです (´·_·`) やっぱり朝食後は苦しくて、ベッドでお昼までお休み。でも、今日こそは、まちの美味しいお店でランチをしようと固い決意。銀行振込みの所用と、美味しいものの買い歩きツアーの決行だあと、12:30 に出発。

医師から「来年の旅行は難しい」と遠回しの示唆…

2014 年 3 月 21 日
一筋縄ではいかなくなったユリカッチの身体。色々食べられるようになって体重も 44kg まで増加 o(^ ▽ ^)o でも、せっかく体重増えても、がんもちゃんと大きくなってしまって… それが腸を圧迫して、またまた、便が出ると痛苦しい。(>_<) しかもちょっとずつしか出せないので、一日その調子。でも、その翌日はわりと元気という繰り返しになっている気配。水曜日は、一日痛苦しかったけれど、木曜日はお天気も悪かったのに出かけることができ、今日はまた寝込んでしまったという…もはや一喜一憂しているよりは、多くを期待せずにそういう身体なのだと納得して受け止める方がいいですよね。

と、自分に言い聞かせているのだけれど、なかなか大変ですなあ…水曜日に来てくれた婦人科の先生からは、来年の旅行は難しいという遠回しの示唆。というか、今年だってもはや無理じゃないかという言い回しにかなーり凹んだユリカッチ。ユースケとこれからヨーロッパ旅行を楽しもうと思っていたのに。うーん、一度はパリを一緒に歩かないと死に切れなーい。
これから暖かくなったら旅行をするぞとポジティブマインド。でも、ほんとに出来るかなあ…

ウォシュレット付きトイレがお出かけ先には必須

2014 年 3 月 23 日
今日の目標は初めてのユニクロ。全部ブカブカになってしまったジーンズの代わりがどうしても必要なのはわかっていたけれど、どうしても試着する元気まで辿りつかず、行かずじまい。とうとう、春の暖か日差しに着るものが必要と。うん、やはり元気になったのですね p(^_^)q ちゃんと試着して、これまでの L から M サイズに変更。それでもちょっとブカついてますが…
で、お寿司を食べたこともあり、トイレに行きたく 5 階ダイソーまで特急で。(初めて行った) その後も例の行ったり来たりで地下のフーディアムのトイレ。やっぱり、ウォシュレットつきトイレがお出かけ先には必須でまいる。

2014 年 3 月 24 日
もうすぐ死んでしまいそうに辛くて大変な昨夜とうってかわって、今日は頑張って 3 時間の外出が出来ました (^_^)v
昨日までに便が出てしまいお腹がぺっちゃんこだからと思われます。今日は、どーしてもお散歩がしたくて、昼食を食べると眠くなったり、トイレに行きたくなったりするので、ランチを食べずに 12:40 に出発 (^o^)/
(2時間と思っていたら 3 時間でした！)
下北沢を一巡りしていつものお店で買い物出来るってなんて幸せなのと…涙が出そうに嬉しかった。
いったい、わたしの身体はどうなっているんでしょう。でも、絶対にパリの街をあるくのだという固い決意です！ともかく、歩けるときにはどんどん歩いてゆきましょう。p(^_^)q また、明日は死にそうだと泣いているかもしれないけれど、死にそうユリカッチをポジティブ・ユリカッチが乗り越えていこうと心から思います。

自宅で緩和治療を受けながら
ポジティブな毎日

お花見で元気になるとのスイッチがONに…

2014年3月31日
一昨夜は眠いのにお尻が痛くて眠れない。［鎮痛薬の］リリカが毎食後の処方で7:30頃と昨夜は早めに飲んだので、朝食後まで、間が空いているし、ふらつきも構わない夜中、飲んでみてもいいのではと一錠。効くかな∧('Θ')∧ おかげで1:30から二時間くらい熟睡しました。即効ですね。ちょうど［消炎鎮痛薬の］セレコックスを呑む時間になり、すっかり目を覚ましてメモ。昨日の朝は、このあと、6:30にトイレ、8:30に宅急便に起こされ、ユースケは会社が休日なので、11:30にユースケに起こされるまで熟睡。

爽やかに目覚めてイタリアンにランチにでも行こうかと言っていたのに、朝食後の薬を飲んでないと気づいて薬のためにヨーグルトを食べたらトイレタイムに突入。けっこう一気に出て優秀でしたが、今度は子宮が痛苦しくなっておやすみ。どうも大腸と連動しているので起こるあれこれの不都合。レストラン行きは諦めました(ノ_<)そもそも、雨降りが激しくなって、外は嵐のよう。でも、ユースケとスパゲッティ・ボンゴレとカラスミ＋アンチョビのスパゲッティを作って美味しく頂きました。あとは、おとなしく、点滴をつないでベッドイン。にゃご…(=^x^=)

梅ちゃん先生にも、LINEで経過報告をしていたらお電話いただき痛み止めの使い方のご相談。リリカは効くけれど、ふらつきの副作用があるのでためしてみた就寝前の一錠追加がよさそうと。副作用の眠気ばかりが気になり、いまひとつ効果がわからない貼り薬フェントスは2mgから1mgに戻してみることに。LINEや電話でさくさくお話できる主治医って有難いですね。「そろそろ、点滴いらなさそうですね」と言っていただき、うふふ(*^^*)ほんとに飛躍的になんでもよく食べられるようになりました。ビールもグラス一杯は毎日のようにです=(^.^)=

と、おとなしくおやすみしていたら、5:00 ごろになって急に、空に爽やかな晴れ間が広がり、いてもたってても居られず、点滴は 1/3 しか終わって無かったけれど引っこ抜いてエイやと起き上がる。6:00 にタカハシと、珍しくお花屋さんで落ち合い一緒にお花選びという、初めての体験。そのままイタリアンを覗いてお外席ならあるというので 30 分後に予約。ユースケに座布団と上着を持って来てもらって緑道で落ち合い、夕暮れどきから夜桜タイムにかけてのお散歩という、これまた珍しくも嬉しいシチュエーションに。と、成り行きで初めての夜のお外ご飯に成功 *\(^o^)/* 嬉しいな。

昨夜のお花見で、なにかとてもよいスイッチに ON が入ったような気がします。
そして、今日。お天気のいい午後、公園に向かって歩き始めたわたしは、あっさりと到着。駅に引き返して下北沢へ。MUJI でトイレを借りて、スリッパやタオルセットを購入。その前にお腹が空いて、フレッシュバーガーとオレンジジュースを頂く。外に出て薬を飲みそびれたことに気づいて、なおかつ、まだお腹が空いていると気になっていた角のパンケーキ屋さんに入る。歩けたけれど、超特急で帰宅したくタクシーで。3 時間ほどのお散歩に足はパンパン。トイレタイムを過ごしつつ洗濯物などを片付け、マッサージさんを待ってベッドに潜り込む。身体がジーンでした。でも、ほんとうに夏にパリに行けるかもしれないという気持ちへのスイッチが入った日でした *\(^o^)/*

ポートを抜いて点滴に頼らず栄養をとっていこうと

2014 年 4 月 1 日

今日、とうとう点滴のポートと管を抜いてもらいました。点滴に頼らずに栄養をとっていこうと。それだけ食べられるようになったということですよね *\(^o^)/* この所は、あまりに普通のお食事をフツーに食べているのでご報告もしていませんが… 例えば、昨日は、朝：ピザトースト、オレンジ、エンシュアカフェオレ 昼：ハンバーガー、パンケーキ一枚分 夜：銀ダラの西京漬け三分の二、豆腐とネギ、フキノトウのお味噌汁、納豆青のり、マグロ中トロお刺身４切れ，明太子、ご飯普通盛り（けっこう大きいご飯茶碗）もはや、カロリー計算するのは食べ過ぎが心配状態か…ですよね。それでも食べられない日もあるのでいささか心配ですが、散歩ができるようになるとなんとなく手の違和感が気になることもありで、いずれにせよ、そろそろ続けるなら機器を取り替えないといけない時期でもあったのでエイヤ！です。

私にとっては感動的なテニス再開日でした

2014 年 4 月 6 日
いやはや、眠くてねむくて、ちょっとの時間もぐうぐうぐう (-_-)zzz

相変わらずトイレタイムに苦戦で出かけるタイミングが遅くなったものの、なんと公園内のテニスコートにまで歩いて行き、ラケットを振りました。何ヶ月も点滴装置を身体に入れていて、もう、テニスをするのは無理かもしれないとションボリでしたが、なーんと O さんが相手をして下さってラリーも 30 回も続いたあ *\(^o^)/*　絶対に入らないと思った

サーブもちゃんと入ったあ∧('Θ')∧　わたしにとっては感動的なテニス再開記念日でした。・゜・(ノД`)・゜・。 珍しく嬉し泣きだあ… こんなわたしを仲間に入れて下さって親切なテニス部の皆様に深謝です。

薬を少しでも飲み忘れると大変。薬を飲んでいても、お尻が痛いよー足がダル痛いよーという症状はずっとのことで、昨日も、そんな症状を抱えたまま、ともかく準備運動のためにも公園まで歩いて行こうと 30 分。いささかの無理を重ねていくことで少しずつ体力もつくのかもしれませんね。テニス後には、みなさんと近くでランチ。これだけでも上出来な一日ですが、そのうえ、タカハシにテニス再開記念日だ！と、お寿司をご馳走してもらってラッキー o(^_^)o 苦しいトイレタイムは長いし、痛くるしい時間も長いけれど、けっこうハッピーな日々なのかもしれません。

2014 年 4 月 7 日
トイレタイムの痛苦しい時間とお尻 (座骨神経が終わるあたりのことなのです) の痛み、それに伴う脚がしびれるような不快は、本当になかなかコントロール出来ずに辛い夜を過ごしてげんなりの今日。さすがのユリカッチもめげ気味で、食欲もなくてカロリーとれてないしと / _ ;
そんな状況の中で見つけたクヌギの新芽には、涙が出そうになるほど感動。もう、すっかり枯れてダメなったものとベランダ隅に置いておいたら、Y さんが、「うふふ、生きているわよ。きっと芽をだすわよ」と。クヌギにまで励ましてもらい、ありがとう p(^_^)q

映画の中の相変わらずの“がん患者像”にイライラ

2014 年 4 月 9 日
たまたま、夜の 9:00 から NHK 衛星で園子温監督の「ちゃんと伝える」を放映。奥田瑛二と高橋恵子が夫婦で、EXILE の AKIRA が息子、伊藤歩が婚約者という設定なら面白いかもと、内容を知らないまま見始めてしまったらやばーい。58 歳の奥田瑛二は末期胃がん。高校サッカー部の鬼コーチだったが、釣りに行きたい、行こうと息子と約束する。
高橋惠子奥さんは毎日病室に通うが、胃がんの末期だというのに点滴してないし、ケーキまで食べて…もー～。すぐに退院して、息子と釣りに行って欲しい！！と、画面に向かって 10 回くらい呟くユリカッチ。全然、奥田瑛二ぽくないでしょ…園監督ぽくないでしょ。。。って、これが相変わらずのがん患者像なんですかね (・Д・) ノ
で、思いがけず急になぜか亡くなってしまい、お葬式の日は映画最大の見せ場。息子は、どうしても父との約束を果たすのだと霊柩車に乗せられた父をそのまま、約束の湖に連れて行ってしまい、お棺からすでに亡くなっている父を引きずり出してこの光景。なんで生きているうちに病院から連れださなかったかと (｀ _´) ゞ イライラ。

深夜でも薬を届けてくださる薬局にびっくり、感動

2014 年 4 月 13 日
冷蔵庫に果物がなくなって、なんとか緑道沿いに歩いてゆけるスーパーまでたどり着く。美味しそうなデコポン、今夜も一人だわと食欲ない夕食にと、お助けお刺身に美しいイサキなど、持てる程度のお買い物。歩いて 15 分くらいの距離だけれど、歩くと痛みが増すようでさらに泣きそう、タクシー来ないし、なんとか歩いて 5:00 頃帰宅で、ばったり。。。土曜日は、マッサージさんも来ないし、ユースケは美術館関係の方達と仕事的飲み会兼遊びで帰宅は深夜。どうしようとうずくまっていたけれど、このまま深夜まで一人はまずい…

と、ギリギリのところでお仕事ある日で申し訳なかったけれど、M さんにヘルプメール。ラッキーなことに来ていただけて暖かいマッサージに正気になった気持ち。そうそう、お熱を計ろうとか、37.8 度が一時間後には、38.8 度とこれはいつもと違うと確信。でもお休みだしと迷いつつも 11:00 頃、これまたギリギリに梅ちゃん先生にご相談。症状から判断

して、感染症だと診断されて、抗生物質とすぐに効く麻薬系痛み止めを処方していただく。

なんと、深夜でも薬局は薬を届けてくださるというのでびっくり！
(◎_◎;)
12:40くらいに薬局さんが来て下さり、すぐ効く痛み止めは、本当にすぐ効いたようで、熱が下がっていたのでさっと入浴。1:30くらいに痛み止めの効果を感じつつ眠りました。

2014年4月15日
昨日は、ひどく痛くもなく、熱も高くないけれど、ごく普通に感染症でおとなしくしてないとみたいな病人。梅ちゃん先生の説明によると、しかも、わたしはすでに感染しやすいので、こういう状態がよく起こることになるかもって(._.) しかも、痛み止めは、ワンランク上を勧められるし落ち込みました（;;）

梅ちゃん先生にLINEメール報告

2014年4月19日
木曜日は、やはり炎症のだるさからか一日中ベッド。家事代行さんが、冷蔵庫をきれいサッパリしてくれて満足。その時間、ベッドで熟睡お昼寝タイムです。
でも、梅ちゃん先生へのLINEメール。
「このところ、ひどい立ちくらみ、目眩、ふらつきで、目の中に閃光、耳鳴り、なんでもござれ状態☆ *:.｡. o(≧▽≦)o .｡.:*☆　麻薬系という新しい痛み止めオキノームは、これとは関係ないようです。先ほど、昼食前に飲みましたが、初回ほどの鮮烈な効果は感じず、変わらずお尻のてっぺんが痛いです(._.)」
そうしたら、早速、お電話を頂いて、抗生物質の｡｡｡と痛み止めセレコックスの飲み合わせが悪く、こういう症状が起こる患者さんがいますというのに該当しちゃいましたね、と、自宅に蓄えてあった［抗菌薬の］フロモックスに変更して、すぐに改善。なにせ薬の影響を受けやすい身体らしい…f^_^;) それにしても、LINE を見て素早く回答を下さる梅ちゃん先生には感謝。大きな病院にいるより、よほどきめ細かい対応をして頂けてますね。

2014 年 4 月 19 日
看護師さんと、わたしがどうして人工肛門を勧められていた状態からここまで食べられるようになったのかしら…と話していたら、「高橋さんは、自分の身体がすごく敏感にわかりますよね。食べられるものと、食べられないものを、自分でちゃんと選べているのですよね」と。どうも、胃腸くんと会話能力があるのかもしれませんね。不思議と、こんなもの食べて大丈夫かなと思っても、胃腸くん嫌がってないから大丈夫かなとか。自分の血圧を当てるのも得意技。上が低いので 80-100 ですが、今日はいくつくらいと計る前に自己申告する数字と測った誤差は 2-5 以内。血圧計いらないですねと言われています (^O^) ／
その感覚からすると、身体が今、懸命に「普通化」を目指しているなと。

CT 検査。結果、あんまりよくなかったです

2014 年 4 月 23 日
やっと整理をして全部の薬を可視化 (O_O) まだまだ痛み止めが完全には使いこなせていなくて、昨日は、なかなかにつらかった。痛苦しいときには。・°・(ノДˋ)・°・。//_o\/ ヽ(´o｀;
抗生物質は、すでに飲まなくていいので予備薬。左下が、すぐ効く麻薬系飲み薬。なるべく飲まないようにして一日一回にしています。
昨日は、一日具合悪くてゴロゴロしていたうえに、夕食前にやって来たタカハシと出かけようとした直前に痛苦しいことになってしまい辛かったあヽ(´o｀;...
それでも、根性と食いしんぼう魂で、中華料理店で食事。大好きなほと

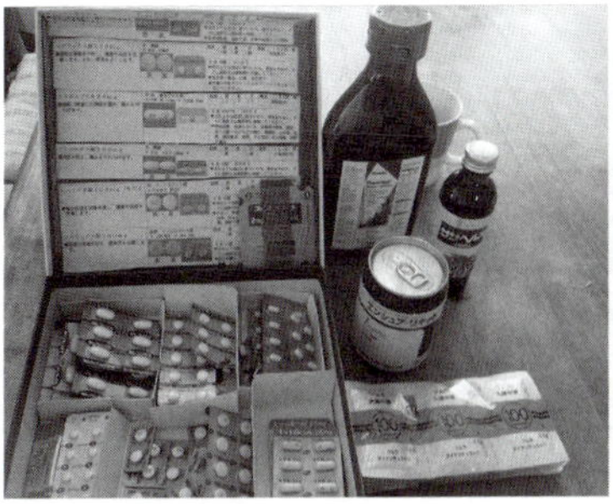

んど辛くない坦々麺や、おこげ料理など少しずつだけれど食べて来ました o(^_^)o
今日は、なぜか、トイレタイムが短時間で終わって痛苦しくない…梅ちゃん先生が週に一度いる病院で CT 検査でした。

2014 年 4 月 24 日
はい、CT 検査の結果、あんまりよくなかったです。腸の調子と格闘しているあいだに着々とガンは大きくなっていて ...(´･_･`) お尻の痛みや苦しさも、それが神経を圧迫しているせいで ... でも、痛み止めをうまく使えば元気に歩くことができるということですね。

「そうだ！京都に行こう」いきなりツアー (^O^)/

2014 年 4 月 24 日
そうだ！京都に行こうっと、明日お昼頃から 2 泊。実現したら、詳細に報告しますね (^O^) ／

2014 年 4 月 25 日
久しぶりの駅弁ほぼ完食 (^O^) ／
京都に向かってまっしぐら (*^^*)
車内お昼寝タイムも毛布も借りてよく寝ました (-_-)zzz ［京都への一人旅の新幹線で］

2014年4月25日
皆さま、［前日の］小さい駅弁で驚かないでね。夜ご飯の中華フルコースをほぼ完食したことには、我ながらビックリo(^_-)O最後のメインディッシュの豚さんトロトロは半分、駅弁くらいの前菜は完食、揚げ魚、なすやらカロリー高くて、美味しいものばかり(*^^*)
でも、よく寝ました。少し早めに中華店を退出。マッサージさんが素晴らしくてぐっすり睡眠でした。

京都ツアーの目的は…

2014年4月26日
金曜日［4月25日］に京都のホテルに到着後、ベッドに倒れこみ、一休みして、起き上がれそうと思ったところで、Aさんからお電話頂き、いきなり、西本願寺内で普段はみられない飛雲閣を見学させていただくというラッキーo(^_^)o
毎回、充実の見学と勉強が出来る日本建築家協会・保存再生部会の京都ツアー。少しでも参加させて頂きたく、京都に行きたく足がバタバタしてましたが、30分続けて歩けるならなんとかなると大胆判断o(^▽^)o
さて、どうなったか、京都ツアー＼(^o^)／
［ユリカさんは町の再生に関心が高く、建物保存にも興味があったので日本建築家協会の建物保存再生の勉強会にも参加していた］じつは、すごく真面目な勉強会。どうしたら建築基準法の縛りから抜けて、古い建物を保存再生していくことが出来るか（の勉強会）…先駆的な法制度を作った京都市へのヒアリング。三年前からやっと弁護士さんたちとの合同勉強会が始まりました。

2014年4月26日
午前中は、ホテルでまったりの土曜日。欲張らずに、今回の目的は、昭和3年に建てられ、ほとんど手を入れずに保存されている当時の大金持ちの建築家、藤井厚二氏が建てた「聴竹居」の見学と、すぐ近所のアサヒビールの大山崎山荘＋安藤忠雄設計のミニ美術館［アサヒビール大山崎山荘美術館］の見学。

2014年4月27日
お昼には、祇園の割烹でフルコース。すんごいボリュームで驚きのランチ。(((o(*ﾟ▽ﾟ*)o))) 食べられるようになったら、こういうお店でうーんと美味しいものをちょっとずつ次々と食べたいと夢見ていたことが実現出来ました。

わらびと利休麩の胡麻和え、八寸（イカとたらこ和え、ふきのとう天ぷら、畳イワシ、一寸豆、長いもの酢和え、文旦の皮を甘く煮たもの）お造り（サワラのタタキ、甲いか、ホタルイカ、鯛）、白味噌の椀（鯛、よもぎ麩、ごぼう、生姜風味）、カラス鰈の幽庵焼き、ホタテの蒸し寿司、豚と筍の炊き合わせに絹さや、タコの柔らか煮のお酢のもの、豆ご飯と味噌汁、水菓子。
我ながらビックリの食欲。なおかつ、帰りには伊勢丹の和菓子売り場でさらに追加購入。自宅にたどり着いたら息も絶え絶え、ジーーンとして、大至急でお風呂をわかして、ゆったりと入浴。前後不覚に数時間寝てました。☆*:.｡. o(≧▽≦)o .｡.:*☆

2014年4月28日
［京都から帰宅して］本当に、今回の「そうだ！京都に行こう」いきなりツアー、西本願寺で［建築家協会の］皆さんにお会いできたときには、嬉し涙でした \(// ∇ //)\

あんなに何も食べられなくて、たくさんたくさん励まして頂いて、京都では、まるで奇跡のような食欲。何もかもが美味しくてお食事しながら嬉しくて泣きそうでした（；＿；）たくさんの励ましに心から感謝です。
山崎山荘への道があんまり急な坂で後ろにずり落ちそうになったときだけ、あれあれ、吹けば飛ぶような身体なんだなあと思いましたが…
ε-(´∀｀；)
実は、ホテルでは初めてのマッサージさんが、こういう方に出会いたかったといういい気の流れと、わたしの身体をわかって下さる不思議な力のある方でした。忘れかけていた水曜日［4月23日］に梅ちゃん先生に聞いたバッドニューズ。もしかしたら、京都にいいことがあるのかもしれないと。少し京都に通いたいような気がしています。

無事に京都からの帰還を祝ってもらった夕食

2014年4月29日
さすがに、ばたーり沈没の一日でありました。発熱、痛み、大量の液体染み出しと感染症の症状が高レベルで揃って止むを得ないなと…
(・◇・) /~~~
でも、関西に住んで京都通いもしたというヘルパーさんに、京風に味付けしてもらって鱈の天ぷらや、ナスの白和え、桜海老とキュウリの酢の物、ホタルイカとカニの爪お刺身など、メニューはかぎりなく京都のお店を意識。そしてお漬物や縮緬山椒をタカハシに買って来てもらい、食卓はすっかり京風で大満足♪(*^^)o∀*∀o(^^*)♪無事に京都からの帰還も祝ってもらった夕食でした。
ともかく、時々痛みつつもなんとか普通化に向かっているとマッサージさんからも言われて、少しずつの無理はポジティブに作用しているようです。ご心配頂いている皆さま、ありがとうございます(#^.^#)

2014年4月30日
「そうだ！京都に行こう。Ver.2」の話が早くも進行(^_?)?☆

昨夜、今朝とタカハシが買って来てくれた京都のお漬物などを食べつつ、ユリカッチの気持ちは、すっかり次の京都行きに。
修学旅行で関西に行くことのなかったユースケ。
彼もママの京都行きに付き合ってもいいよ！ということで、二泊分は付き合えないというタカハシと一泊ずつということで、「そうだ！京都に行こう。ver.2 5/17-19」プランの発進です＼ (^o^) ／
ともかく、パリより前に京都でしょう (^-^) ノ と、ユリカッチのギアチェンジ計画。「両手に花」じゃなくてなんていうのかわからないけれど、息子とダンナと一泊ずつというハッピーな京都行きで、なんとかさらなる免疫力アップを目指したいと思います。o(^_-)O

久しぶりにすっかり病人の絶不調が続いています

2014 年 5 月 4 日
久しぶりにすっかり病人の絶不調が続いています。便物語で恐縮ですが…金曜日［5 月 2 日］の「どうもどこかで便がつまっている」の状態は、10 分おきに通って出たのは便本体というよりは、どうも「便のカス」がガスと一緒に噴射されている状態。訪問看護師さんによれば「よくお年寄りにあるんですよね。便が固まって動かなくなってしまい、周りのカスだけが出ることが」と、まさに便アルプス動かじ状態。金曜日は、看護師さんもいささか焦るくらいに身体の状態が悪く、顔色も悪くて医師に往診してもらわなくていいかと心配するほど便秘も極限状態で衰弱。。。
幸い夜中に、便アルプスの雪解けがあったか形になったものが出始め、あとは生産ライン開通！とばかりに、今度は、止まらずどかどかと出っぱなし。

2014 年 5 月 7 日
なんだかこのところ、またもやお腹の調子のアップダウンのおかげで病人状態ランクアップしたんじゃないかと、半べそユリカッチ (/ _ ;　昨日も、朝も起きられずに 11:00 すぎに目を覚まし、11:30 には梅ちゃん先

生来訪。まだ、朝食＋朝の薬も飲めていなくて、こんな日に限っていつも大遅刻の先生が … と、でも、仕方なくささっとコーンフレークなぞをもぐもぐ。で、いらしている間に下痢のトイレ通いが始まりアタフタ … 梅ちゃん、ソファーベッドの脇に来て下さって話し始めた途端に、すみません、トイレ！　看護師さんが血圧計巻いた途端に、すみません、トイレ！で、へとへと。やっと落ち着いて、梅ちゃん先生お薬変更について話し始めた頃には、疲れて居眠りすうすう …(_ _).。o ○ 先生の目の前でも、居眠りするほどの状態。

あとはもう、ヘルパーさんがいらしても、お願いの説明をしたら (_ _).。o ○ マッサージさんがいらして、目を覚ましても、始まったら、すぐに終わってしまったと思うほど (_ _).。o ○ ヘルパーさんに作っておいてもらった大根粥を食べたのが夜の 9:00 頃。とも … かく、よく寝ました。

横になっていたい、という状態になったらターミナルに向かったという寺山修司の状態を読んでちょっぴり凹み。梅ちゃんいわく、お腹の調子の悪さは二週間も抗生物質を種類を変えて飲み続けたので腸内の良い細菌も殺してしまったからでしょうと。ビヒズス菌関連薬を飲むことに。だーから、もう、抗生物質をやめた方がいいって言ったのにとブツブツ。身体の方が知っているのだよねえ… (p_-)

2014 年 5 月 11 日

表ウォールには元気いっぱい楽しむユリカッチ。でも、実態は、どこにいても寝てるの大好きユリカッチなのでありました。

ほんとうにそよそよと気持ちのいい風で、アウトドアを満喫。毎年、

お花見をして来たけれど、実際はけっこう寒かったりして…全員一致で来年も新緑の季節にと♪(´ε｀)

猛烈な出血。ただでさえ貧血なのにもったいない

2014 年 5 月 14 日
日曜日夜からなかなかハードな病人ライフ…(・ω・)ノ 夜のお風呂タイムに出血が始まり、梅ちゃん先生に、1 時間たっても止まらないのでお風呂に入れませ〜んとラインで泣き言。でも、それは序盤。もう、お風呂を諦めた夜中からモーレツな出血が薄まった状態でジャージャーという感じ。ベッドに戻るひまなし。そのうち血の塊がドタリドタリと落ち続け、ただでさえ貧血なのにもったいない ... しまいにゼリー状の塊を見て、ああ、壊死したガンが剥がれたのだと経験的に分かって来ました。ガンの周りや中心部に壊死状態のものがあるのでいつか落ちるでしょうと言われていたので。
とすると、またもや炎症で発熱、安静にということに。でも、悪いことじゃないからと慰められて。梅ちゃん先生すごい！というのも、明け方の出血報告をラインで見て、月曜日の 8:00 には電話をくださり、9:30 には止血剤の点滴を持ってきて下さるという素早さ。
さらにすごい先生と ... 思うのは、薬の処方も機械的に、炎症ですね、では抗生物質とはせずで、「せっかく腸の調子が良くなっているし、どうも、ユリカさんの場合は楽しいことをやってポジティブになることを積み重ねて行く方が元気になるような気がするのでどれにしても副作用がある抗生物質はやめておきますね。」とのこと。素早い行動といい、患者との対話力といい、梅ちゃん先生は在宅医の鏡のような方だと。わたしも、ほんとうにそう思います。

ケアマネさん、訪問看護師さん、ヘルパーさん

2014 年 5 月 15 日

昨夜は、さすがに具合悪くてお風呂をやめていたので、4:30 にお風呂に入り、5:00 には洗濯機をまわし、6:00 には干してベランダの世話をして、洗濯機を再度回して干して、一休みして、朝食のピザを作って 8:30 に朝食。9:00 からまたトイレタイム、お薬飲んでなどで、やっと眠くなったところで 10:30 にはケアマネさん登場。このままヘルパーさん派遣が出来るか検討したいって … うーん、どうも元気になりつつあるのがバレているσ (^_^;)
11:00 に訪問看護師さん。今朝は、熱もなく血圧も正常。一言で言えば元気ですという状態。
眠いまま、ヘルパーさんタイム。お節介をやりがいとしている彼女、今日は、「パンとごはん」で淡島ドーナッツが揚げたてだったのでと… 以前に食べて重く感じたのは、冷めていたからかなと勧められるので断りにくくもあり、食べてみてもいいというお腹の好き具合が不思議で半分を小さく切って頂いたらペロリと完食。ちょっと信じられない。でも、一人で寝ていたらなにも食べない時間帯にお節介して頂いて、カロリーが稼げてよかったです o(^ ▽ ^)o 病人は、ときどきお節介がありがたいものだなと。

「そうだ！京都に行こう」第２弾

2014 年 5 月 18 日
本当に大変な出発でした。よくぞ出発したなと…ε -(´∀｀;)
昨日からのうんこトイレタイムが終わらず行くたびに案外に大量の排出。その度に、肛門が抜けるように痛くてベッドにうずくまるを出発予定の 12:00 過ぎても継続 (*_*)　出てくれるのは有難いので文句も言えず…しくしく。
車内で、なんとかランチ半分くらい。揺れが気になるものの、出血も排便もなく、毛布にくるまって無事な気配。最後の瞬間、京都到着のアナウンス後にトイレに行きたくなり慌てる。ううう、駅に着いてから間に合わずにうんこもれ…(u_u) えいやと、ホテルに向かってしまいなんとか

なりました。
ユースケは一人で二時間ほど散策に。どうやら京都先端ファッション事情調査お散歩になって、ついでに仕事のアイデアもと o(^ ▽ ^)o　わたしはもちろんお休み。
前回［の京都ツアーで］気に入った祇園のお店で夕食。ほんまに優しくはんなりとしたお味で、ホッとします。

夜中に、大変なことになりました。また、ジャージャーでおねしょ状態。
やれやれ (/ _ ;)
でも、状況分析が出来ました。つまり、大出血を起こして一晩中、トイレ通いをしたときと同じように、剥がれ落ちたらしい痕を洗おうとせっせと液体を流してくれたのですよね。で、止血剤が効いているからか血は出ないので、幸いにも血の海にならずに済んでいると。何度もおこされる代わりに洪水ということですね。そう思うと洗い流してくれているのは、むしろ感染予防にありがたいと思えて凹まずにすみます。やはり、状況を理解するのが大事だなあ (´･_･`)

うっとりとする京都ツアー。ところが舞台裏は…

2014 年 5 月 20 日
ユースケと一緒に行った大徳寺高桐院です。本当に気持ちのいいところ

で、一緒にいい時間を過ごすことができて幸せでした。お部屋を通り抜けるたびに、ぺこりぺこりと頭を下げてぶつからないようにする姿がおかしくて思わず写真をo(^ ▽ ^)o　京都は、29 度にもなり陽射しが真夏でクラっとするような日でしたが、竹林に囲まれ涼やかな風が通り抜けるお寺はいっそう魅力的でした。
この日は、夜の結婚式二次会のためにユースケ帰京。代わりに夕食時よりタカハシにバトンタッチ。

2014 年 5 月 21 日
ほんとうにウットリするようなひとときをユースケと過ごして、いささか無理だった出発もがんばってよかったなあと… ところが舞台裏はやっぱり大変でした。ガンの破片ボトリの影響は、傷を洗い流そうと前回同様にその晩には大量流出で、またもやオネショ状態 (◎ _ ◎ ;)
やだな。以後、熟睡するとこうなるのではと、夜も熟睡出来なくなってしまいました。
翌朝、大風呂のたぶんわかし温泉にも入りまったりしているところに、今度は、汚水の匂いがする水分のいきなりの大放出。初めての経験にヒエェ…
[旅行の後半で一緒だった医師で夫のタカハシ氏は]「うわー。これは嫌気性菌が放出された匂いだ！たぶん、ボトリがあって穴があいて中の空洞に溜まっていたものが出てきたと思われる。すぐに抗生物質を飲んだほうがいい」という診断。タカハシの仕事があるので、午前中の観光は無理で駅に向かうことにしていたので、電車の中でまた液体放出がないことを祈りつつ、さくさくと帰宅の途に。新幹線の中で、タカハシから上記を梅ちゃん先生に報告。帰宅したときには、すぐに手持ちの抗生物質を飲むようにという素早い対応をいただき深謝。

薬による幻覚や不安症はほんとうに恐怖です

2014 年 5 月 22 日

薬による幻覚や不安症は、ほんとうに恐怖です。昨夜は朝まで、相変わらずトイレに起きるので、それが夢だったり幻覚だと自分に言い聞かせることができるのですが、些細な現実をフックに作られた映像が繰り返し繰り返し現れ、脳裏で見てしまうのは苦痛でした。 とても寝た気がしない上にネガティブな感覚にも満たされて、疲れ果てて起き上がれない朝でした。

しかも、子宮ですでに何か剥がれ落ちて排出したがっている気配に加えて、便がちょっとずつで、どうかなりそう。ふらつきはハンパなく立ち上がって目眩が収まるまでしばらくかかる。朝、起き上がれず、洗濯物が干せずにユースケくんにお願いして遅刻に… ごめん。しかも、録画をどうやっても見ることが出来なかったというつまらない理由をきっかけに、なにかが変だよー。とオイオイ泣き出す始末。・゜・(ノД`)・゜・。ユースケが出かけたあとは、3:00 まで一人というのが不安すぎると、予定外日でしたが電話をして訪問介護士さんに来てもらった。

血圧も低く、このところ 100 にいっていたというのに 82。やはり、おかしいと梅ちゃん先生に連絡。コールバックをいただき、幻覚、不安、ふらつきなどほとんどが、痛み止めのリリカを倍増してほかの痛み止めをやめた因果関係がハッキリしているので、すぐに止めて下さいとのこと。ああ、よかった。夜な夜なこうなるわけではなさそうです。午後早くに、懸念のガンの抜け殻をどっと排出。ちゃんとトイレで滝のような液体排出もあり、すっきり。幻覚の理由を知ったこともあり、さらに昼頃に向かって急な低気圧での雷豪雨も去って、ちょうど外の空のよう。少しすっきり、まだ雲もあり。

3:00 には、家事代行さんと同時にケアプラン見直しのためにケアマネさんとヘルパー派遣の会社来訪。本来は削る心算の気配は感じてましたが、体調サイアクでよかった。むしろ、共有部分と、これまでどうしても認めてもらえなかったリビングの掃除も認めてもらってよかった。交渉力も必須の介護保険のもよう。
ということで、食欲はあるし、早く体制を立て直したいものです。

出血止まらず、しかも鮮血

2014年5月24日
呆然とした昨夜の具合悪さ…夜の11:00-3:30まで尿意のように感じて子宮から液体流出が絶えず、子宮からいつもの液体に加えて、血液系、薄緑系の液体が出続け、加えて便もあり、ベッドに戻りたくて戻ろうとしては、失敗。じゃあっとさらに排出でパンツも3回も取り変えてヘトヘトになりましたです(･Д･)ノ その後、例によって詰まっていたものが、滝のような液体とどっと出てスッキリ。また、感染症ですね。朝には38度以上の発熱。ずっと辛い一日。

2014年5月25日
昨夜、再び、とんでもないことに… 11:30までの一時間、出血が止まらず、しかも鮮血。ギリギリ判断で、止血剤点滴をしていただくことに。梅ちゃん先生に12:30～1:30に来て戴きました。ところが、その後も出血止まらず、まるで体内時計があるかのような、きっかり30分に1度のトイレが止まらず。朝5:30まで、毎回、約30ccの液体とともに流出してました。眠すぎる朝。。。(；；)

2014年5月26日
メチャつらいです。一昨日、昨日と夜中の止まらないダダ漏れと、30分ごとのトイレ通いが、どうやら自分自身がダウンする5:00くらいまで続いての今朝。頭痛、少しの吐き気、フラフラ、ヘトヘト…。で、同量が放出継続中。まいるよー。身体が壊れてしまったのですね… _|￣|○ すっかり変わってしまった気がします。
食欲もなくて、かつての元気もないぞう。でも、ユースケときたら、京都で日本酒を楽しんだこともあり、近所のこだわり酒店で、なんと買って来たのは大吟醸・浦霞… これですかあｖ（＾＿＾ｖ）♪なんか、大吟醸、♪（ｖ＾＿＾）ｖ 浦霞 高くて美味しいに決まってるじゃん 3800円。

面白くないʌ('Θ')ʌ

こんな高いお酒を買うタイミングじゃないでしょ。もちろん、わたしは味見する程度だし…と、憮然。しかも開けてしまったら…、飲まないといけないし。じゃあ。今日は、ママがお店に負けない美味しいものを作りましょう(^-^)/

寝込んでいる合間の10分・15分を使っての調理です。昼間は、ヨーグルト、柑橘系、スイカしか食べられなかったので少しタンパク質とれてよかった。全部、うちにあるもの使いです。

一時入院して輸血

2014年5月30日

悲惨なトイレ通いのご報告で終わっていましたが、それがエスカレートして入院となり、昨日戻って、今日Oさんに来ていただき、メモをとってもらっています。書くことができないほどの苦痛でした。

もともとひどい貧血があり、ふらふらしているのはそのせいも大きい。

「鉄子」とかを摂っても間に合わない程重症。このままでは倒れてしまい危ないので、数値(5.1というひどい数値でした)をあげた方がいいということになった。梅ちゃん先生が、毎週水曜日に診察をしているO病院に入院して輸血。このところの痛みと調子の悪さ！　時折お伝えして来たように、癌に酸素が行かず、壊死したものが剥がれ落ちて外に出たがるため、剥がれ落ちるときの痛みと、ダムのように出ようとするものが、ゼリー状の固体なためにうまく流れ出ず、せき止められてしまった時にお腹の張りになる。お腹の張りがちょうど妊婦さんの陣痛の様である。あまりにひどい時には、腹式呼吸をすると楽になることを発見。そして、「堰き止められたゼリー状のもの」が、ドーッと出ると少し楽になるのです。重要な症状として、尿管と子宮がくっついてしまいました。ジャーっと出るものは、尿と子宮からのものが混じったもので、大量になっているのです。これがいつ始まるか分からない。京都に行く直前にも始まり、その時にはパニックになっていました。こうした症状が昼夜を問わず起こり、1時間に4～5回、トイレに通うことになっているのです。
今まだ痛み止めの薬を、どの様に飲むかの試行錯誤中で苦しいところです。

リンパ節転移が顕著になっているのです

2014年5月31日
リンパ節転移が顕著になっているのです_|￣|○ 歩くのもやっとで、大きな違和感になっていまして、辛い。\(´o｀;

2014年6月1日
岐阜県在住のお友達が… びゅんと飛んで来て下さいました。50歳になって看護師の資格を取られたKさん、わたしの薬の数に驚いて、さっと一覧表を作って下さりありがとうございました！

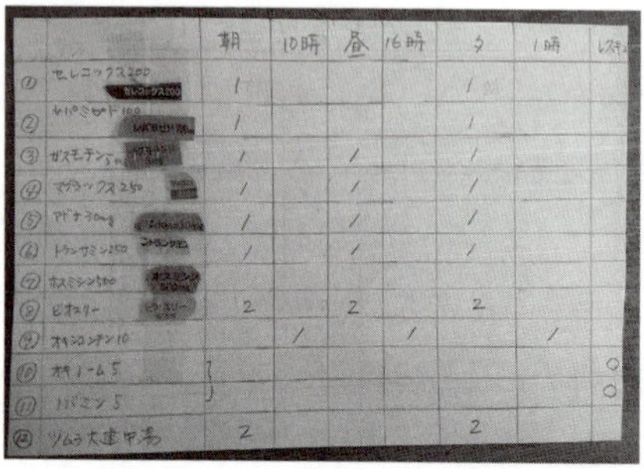

		朝	10時	昼	16時	夕	1時	レスキュ
①	セレコックス200	/				/		
②	レバミピド100	/				/		
③	ガスモチン5mg	/		/		/		
④	マグラックス250	/		/		/		
⑤	アビナ30mg	/		/		/		
⑥	トランサミン250	/		/		/		
⑦	ホスミシン500							
⑧	ビオスリー	2		2		2		
⑨	オキシコンチン10		/		/		/	
⑩	オキノーム5							○
⑪	ノバミン5							○
⑫	ツムラ大建中湯	2				2		

24時間、10分おきのトイレ

2014 年 6 月 3 日
なんと！ 10:00pm 頃から、30 分に 1 度 尿パッド交換 が 4:30 のいまに至って続いています。ほとんど熟睡時間ゼロの厳しい状態。疲れと痛みで疲労困憊。まあ、そんな日があれば短時間熟睡に向かうと思いますがつらい。字を書くと急に眠くなり、まぶたが落ちるこの頃でわんこの部屋も書けていませんが、それを期待して書いているところ。

2014 年 6 月 5 日
24 時間、10 分おきのトイレに気が狂いそう。。。本当に睡眠不足でふらふら。さらには、脚のリンパ転移から足も腫れてきました。残されてた時間は短いかも・・・なのか、疲れや眠さを通り越してなんと文字を書いています。

2014 年 6 月 7 日
賽の河原のようなトイレ通いを続けたあげく、例のガン壊死体の排出が思うようにいかず苦しい一日。ちょうど 0:00 になったときにドッと出て開通。食べられないお腹の張りは続いています。

が、また間に合った。保育園のママ友達との 20 年ぶりのミニ同窓会。仲良くしていたお隣さんのうちで、先日あった居酒屋での集まりに参加できずに企画してくださったので、どうしても行きたくて、無理くり行けてラッキー。子供たちが、みんな親の願いを受け入れて育っていて面白かった o(^ ▽ ^)o

2014年6月9日

今日は、梅ちゃん先生、訪問看護師さん、ヘルパーさん、そして、Nさん、マッサージさん。

また、スープライフなので、ポトフを作ってもらいました。わたしは、身は食べませんがユースケに。お腹がパンパンに張って食べられません。

妊娠5ヶ月のお嬢さんと同じくらいですって。辛いよう\(´o`;

梅ちゃん先生のリンパマッサージが上手で溶けそうです。点滴ライフも楽じゃない。

最後の入院
ホスピスケアを受けつつ執筆活動

梅ちゃん先生のクリニックに入院しました

2014年6月13日
［梅ちゃん先生のいる］松原アーバンクリニックに入院しました。看護師さんも優しくて、お部屋も機能的で安心な環境です。よかった。

2014年6月14日
本日から輸血を始めました。3日かけて6単位入れる予定です。「これまで一人で頑張り過ぎていたので、入院して楽になったら、心が折れてもう少し入院していたくなられたようです。亜腸閉塞の状態はまだ改善していません。悪化もしていません。しばらく点滴のみで療養して治療した方が良いようです。精神的にも肉体的にも休養が必要な状態と思われますので、入院期間を伸ばすようにお勧めしています。」と言う梅ちゃん先生で、わたしもそう思っていました。

もはや真っ直ぐにターミナル患者らしい

2014年6月15日
わたしは、もっと良くなる可能性が高いと信じ過ぎていたかもしれません。もはや真っ直ぐにターミナル患者らしい。わんこの部屋ではなく、下北沢をもっと書いておくべきだったかもと、ミラクル信じ過ぎた自分への忸怩たる反省。

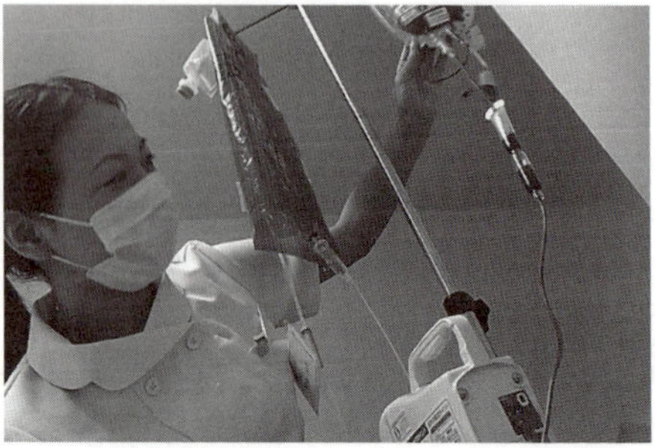

2014年6月16日
食べ終わったところですが、なんと、かき氷をご馳走してくれます。輸血はトマトジュース色 f^_^;)
輸血のおかげでかなり、元気になっています。昨夜は、不眠症になってしまいましたが、なんと、数行でも、下北沢の原稿を書いていました。今朝は、クリニックの周りを少し点滴をしながら散歩しました。輸血は 3 時間くらいずつでしたが、点滴は 24 時間です。
今日は、退院予定日でしたが、出来ないので、クリニックで入浴。

2014 年 6 月 18 日
昨日、口に入れたもには全部 OK でした。お腹は、着実に良くなりつつあります。

2014 年 6 月 19 日
やっぱり、和菓子を食べてしまったのが反省材料だったか一歩後退。ちょっとパンパンお腹に…(._.) でも、お昼に素晴らしく美味しいスープを飲んだので満足。なんと、［松原アーバンクリニックと］同じ建物の高級老人ホームのコックさんが腕を振るう同じメニューだからとか。お得な病院［実際には診療所］です。大学病院であれほど出来ないと言われたきめ細かい個別対応が超うれしく、これからが楽しみです。

今朝はジュース作りを手伝って下さった看護師長さんがとーっても素敵な方でファンに (((o(*°▽° *)o))) しかも、マッサージが超上手。本音でのご意見も身に沁みて、でも、わたし同様にポジティブ思考。サポート体制万全です。
まずは、この部屋に缶詰状態になった作家気分で、ユースケの出張中は下北沢について書くことに集中しようと決めました。(^-^)/

覚悟しました。そこでポジティブ思考で立てた目標

2014 年 6 月 20 日
もちろん、ラッキーに出来るだけ長くガンとも共存して生きていくことが目標だけれど、それが難しいことも前提に生きなければならないことを覚悟しました。年単位が難しいと… 日々悪化する足の腫れや治ることがない弱いイレウスなどの現実を苦しかった山場を越えてからも正面から見ざるをえない入院生活のこの頃です。
そこでポジティブ思考でたてた目標が２冊の本。下北沢はもちろんですが、膨大なエネルギーを使って記してきた「ユリカッチとわんこの部屋」も医療エッセイとして患者さんを励ましたり医療者への提案になるように編集をして出版をしたいと思いました。
皆さま、わたしの覚悟と前向きな気持ちを受け止めて応援してくださると嬉しいです。前向きに生きているうちにきっと生きている時間も伸びていくだろうと思っています。

とうとうベッドで寝ながら執筆活動を始めた

2014 年 6 月 20 日
とうとう執筆活動を始めたユリカッチ。究極のモバイルオフィスで iPad 起動です。でも、足が浮腫むので半分はいつもの通りベッドで寝ながらぱちぽちです。[ユリカさんは、ずっと取り組んできた下北沢のまちづくりについて本にまとめるべく執筆を開始しました。このクリニックの田實先生に「執筆するなら今すぐ始めなさい！」と背中を押されたのです]

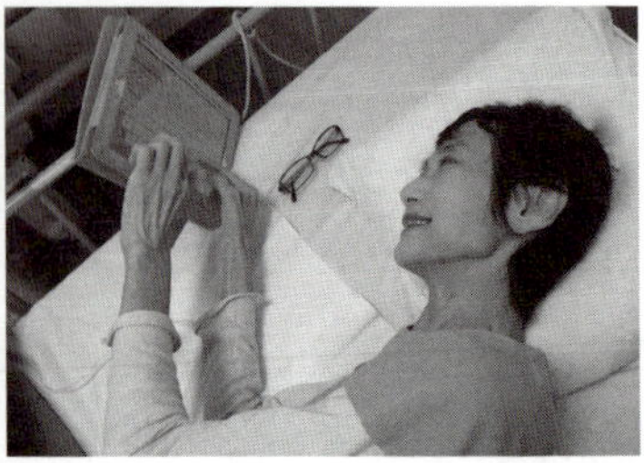

2014 年 6 月 23 日

出発前夜、ユースケから手紙を手渡してもらいました。感動して涙…あまりにうれしい文面。落ちついたらご報告します。［ユースケ君はどうしてもはずせない仕事のため海外出張にでかけることに］

2014 年 6 月 28 日

ユースケが、早く帰国することになりました。

会社の皆さんから今の事情に気を使って頂き、7 月 2 日の 18 時半羽田着の便で帰国することに。

だいじょうぶよと伝えたのですが…

梅ちゃん先生とお話 - がんとのコラボを信じよう

2014 年 7 月 2 日

昨晩は、長い時間お部屋にいて下さった梅ちゃん先生とお話。東松原まで散歩が出来るようになり、リンパが流れるバイパスが出来て脚の浮腫みもとれたわたしに感動して下さって…ちょっとインタビュー風にもなりましたが、ご紹介したく。

「がんとのコラボを信じよう。人を信じるのと一緒。今は、ちゃんとガンとコラボできているんだよ。薬という橋渡しはちょっとした接着剤で、自分の力だよ。今のあなたは目標をもっていきいき生きているじゃない。それが自分の力。あなたには生命力がある。だから、脚のむくみもバイパスが出来て治ってしまったよねえ。自分らしさを保てる底力が発揮されてますねえ。ユリカッチ・パワーだ。(^-^)/」
「大学で緩和ケアの講義をしているけれど、医療技術だけなのではないということに、最近の学生は真剣ですよ。『医は仁術』っていい言葉ですよね。仁って己れを抑制して人を慈しみ尽くすことなんですよ。仁を成す術が医療のはずなのに、手段である術ばかりが科学的になって人から離れていってしまった。それが間違っていたねえ。医者も仁を傍らにおいてしまった。終末期は科学的な術がなくなって、医療に出来ることがないと思ってしまう。でも、そんなことはなくて、まず、痛みをとる術は精進しないといけないし、緩和ケアはなにより全人的に患者さんに寄り添うことなんだよね。」
「『悩める者に光明を与えるのが』という大学医学部の校舎にあった壁画の言葉を見て、学生時代には医者が光明を与えるのだと思っていたけれど違っていた。医者が上から目線で与えるなんていう立場じゃない。患者自身なんだよ。医学は、長い間、患者さん自身の思いを傍らに置き去りにしてしまったんだねえ。」

梅ちゃん先生とお話 - 入院して家事から解放されて

2014 年 7 月 2 日
～自宅でのわたしの療養生活を振り返ってみると、
「ハウスキーピングにエネルギーがかかっていましたねえ。そうした暮らしが好きで楽しんでいるのもよくわかったけれど、ここでいきいきと仕事に取り組んでいるあなたを見ていると、専業主婦患者はあなた本来の姿じゃないのかもしれないって ... 入院して家事から解放されて、体調が良くなったら書いてますねえ。好きな仕事をするワーキング患者でいることが、今は自宅に帰るより幸せなんじゃないかな。～」
まさにまさに o(^ ▽ ^)o さすが梅ちゃん先生。よく見て下さっていますよね。居心地のいい、きちっと掃除されコーディネートされた部屋にいることは我が家ながら、いい部屋だなあと実感していましたが、ヘルパーさんたちとのお付き合いにも少々疲れました。マッサージで脚の浮腫まで治った入院生活。痛みがとれているのも点滴あってのことなので、もうしばらくはお世話になろうと思います。

食べて3時間後に必ず苦しくなるのですね

2014 年 7 月 4 日
下痢で苦しい一日。つらかったあ / _ ;
とうとう久しぶりに現れてくれたユースケ。今回は、全くお土産を買う時間がなかったとのこと。でも、すごく嬉しい本を持ってきてくれました。スペインの出版とのことですが、彼のインタビューは 11 ページも。ちゃんと残る記録にしてくれて、ちょっと感動です。

2014 年 7 月 6 日
相変わらず、明け方の頻繁なトイレ通いに寝不足でダラダラまったりの日々。原稿を書くことが面白くて書きたくてたまらないのですが眠くて…o(*_*)
でも、朝から東松原までサクサクとお買い物に行くなど、足取りも元気になってきました。日焼け止めを塗るようになってお化粧をしてみたら、ずっと元気そうな顔になりました。お化粧もいいかも o(^ ▽ ^)

2014 年 7 月 7 日
案の定と言いましょうか…先日、6 日ぶりの便秘が解消されてと喜んでいたときがありましたが、次の便秘周期に入ってしまっていささか苦しい日々。でも、胃腸が割と調子よかったこともあり、食べ出しだけでなく、柔らかいお料理を少しいただいたり、ポタージュスープ、薯蕷饅頭や桃山を食べていたり、おせんべいもポリポリ。胃腸くんが元気になってきたことをちょっと過信したかもでして。
いささか食べ過ぎているというご指摘を頂いてしまって、しばらく気をつけるようにとのこと。便秘のさなかに、そりゃそうですね (^ ◇ ^;)

2014年7月11日
またもや食べ過ぎで苦しかった反省ざるのユリカッチ。バカものだと昨夜は泣きました。。・°°・(> _ <)・°°・。
明らかに食べて3時間地点がイレウス、腸が細くなっているようで、3時間後に必ず苦しくなるのですね。昨日、判明。一箇所ではないイレウスだろうと。

原稿に向かえないのが悔しい日々…

2014年7月13日
原稿に向かえないのが悔しい日々。一時間ほど寝ては目を覚まし、ちょっと歩いたりして椅子に座るともう眠い。エネルギーがどんどん落ちていると心配です。そう、クラゲのように眠りの世界にぷかーり
書けないので、ブックデザインやレイアウトについて考えてみたり…

2014年7月14日
皆さま。今回のエネルギーダウンは深刻そうです。以前の状態に回復しない可能性も高いと。必死にならないとなりません。
下北沢、3部まで書けるかどうか。

2014年7月17日
朝、9:30～10:00で来てくれるタカハシ。看護師さんに付き合っていただけない忙しい時間帯にうれしい(^O^)／
Sさんからいただいたシャツ、いいですね(^-^)ノ

2014年7月19日
2日前からやっと書けるようになった原稿、今日の夜には二度目の見直し、加筆

を終える予定。何も出ない日々が一週間も続き怖くなっていました。書けなかったこともストレスで心身共に超凹んでました。3 日前にやっとの事で水状の便が少し出て命拾い …（ ; ; ）

2014 年 7 月 20 日
シモキタらしさをテーマに下北沢の歴史の取材を始めたのは、2005 年よりでした。もうすぐ 10 年にもなろうとしていたのですね。とても書ききれない取材をどうしたものだかと思っていましたが、これくらいの分量にまとめられてよかったのかもしれません。
もう時間切れかもしれないと、朦朧としながら書けずに泣いていた一週間でしたが、ともかく一つの区切りまでまとめることが出来て心より安堵しています *・゜゜・*:.｡..｡.:*・'(*゜▽゜*)'・*:.｡. .｡.:*・゜゜・*

まだ少し生きて本をまとめたいと思います

2014 年 7 月 24 日
催眠剤の取り合わせが悪くて悪夢系の混乱の朝。ずっと不機嫌の一日。
でも、ユースケが夕食時に思いがけず来てくれました。
あまりに頻尿での明け方のおもらしとパンツの取り替えにノイローゼ状態。。部屋中にパンツを干したが夢だったか現実だったか…看護師さんの前でおいおい泣き出してしまいました。・゜゜・(> _ <)・゜゜・。 一日で六枚も汚してしまったパンツをほんとうに洗って下さったのは S さんでした。ありがとう p(^_^)q こころから御礼です。

2014 年 7 月 28 日
お腹がパンパンでの苦しさへの対応が優先順位としてはトップ。そのためにどうしたらいいか。医師たちとそこに照準を合わせることに同意しました。
小腸大腸内の複数箇所に通りが悪くなっている場所が出来ていて、そこからガスが発生しやすいなどの症状ができるそうです。それを抑えるためには、やはり、なるべく腸を使わないことしか方法がないとのこと。すなわち、水分摂取も出来るだけ少なくする。点滴でさえも腸に流れるので、それも少なくする。カロリー摂取が減ってさらに痩せるけれど、今のわたしには苦しさよりいいのではないかと…
それでも、まだ、少し生きて2冊の本をまとめたいと思っています。
なるべく腸に水分も入れまいと、思いついた嬉しいお薬摂取方法は、かき氷。あまーい薬がシロップ代りに。お薬タイムが楽しみになりました o(^▽^)o

2014年7月31日
急にふらつきがひどくなってきて、夜中のトイレ通いにも看護師さんの介助が必要になりました。本当に階段を一つずつおりて行くのですね (´・_・`)

2014年7月31日
やはり、点滴も減らし、飲み物も口に含んで出すという方法にしたら、お腹が張らないようで痛苦しさから解放されました。どちらがいいって、お腹が張らない方が絶対にいいので飲食はやめておくことでいいと思っています♪(´ε｀)だいじょうぶ! いつも前向きユリカッチで行けそうです＼(^o^)／
とはいえ、やはりカロリーも体力も半減で、お風呂やトイレでたちあがれないで転ぶというつらい体験も…

もはやいつ終わりになってもおかしくない

2014年8月1日
もはや、いつ終わりになってもおかしくないユリカッチです。痛み止めをどんどん増やしている日々。朦朧のなかでの文章との格闘です。よろしくお願いします。

2014年8月2日
満月に向かって飛んでいくチェブラーシカ＼(^o^)。。。
もはや、梅ちゃん先生も誰も、わたしがあとどれくらい生きられるか応えてくださりません。

2014年8月2日（ユリカッチメンバー代筆）
本日、ユリカさんのところにお邪魔いたしました。
ユリカさんの代わりに、今の体調をお伝えします。
今は、自分がFacebookに投稿している文章量を書いて、読むくらいしか出来ない状況だそうです。
あと、短いコメントくらい…
…
長い文章は書く事、読む事が出来ないと話してました。
横でお医者さんの説明も聞いてました。
今まで使っていた痛み止めの量は、症状に対して少なすぎました。これからは、そこまで我慢しないで下さい。
穏やかに過ごしていただきたいです。
と言われてました。
書く事を優先していたので、痛み止めの服用を我慢していたんですね…
(T_T)
一人で歩ける距離も短くなっていて、ベッドから廊下に出るところくらいまでです。
歩行のアシストをされる際は、肩を組む感じでお願いします。
水分を控えている事や外気温の高さも要因なのか、口が乾いて話す事も辛くなっているそうです。
大方の予想より、楽観出来ない状況になっているようです。
ちょっと悲しいですが、こんな感じです。

一歩ずつ階段を毎日おりているようです

2014年8月4日
えーいっ！このまま、一歩ずつ階段を降りてなんかいかないぞー o(^_-)O 奈良［美智］さんのファイトだあ o(^_-)O
中島みゆきのファイトもあるからね！ 痩せこけたって生きているぞ〜♪(´θ｀)ノ みんなが応援してくれているもんね。
(=´∀｀)人(´∀｀=) まだまだ、もう少しがんばるから！

2014年8月4日
一歩ずつ階段を毎日おりているようです。トイレから立ち上がれません。こうやって眠る時間の中で死んで行くのでしょうか。苦しみながらは死にませんと看護婦さんたちは言って下さりますが、あと一週間とも言ってくれません
。。・°°・(> _ <)・°°・。

2014年8月4日
うーん！がんばった…3部の原稿と構成を書きました *\(^o^)/*
嗚呼それなのに。こちらにコピペしようとしたらぜーんぶ消えた
☆ *:.。. o(≧▽≦)o .。.:* ☆ どーんと落ち込んだ。。。
でも、わたしの文章少ないから、誰か口頭筆記して下さればなんとかなるか…今、二時間分の消去は辛い〜…>_<…

2014年8月4日
今日の午前中のぺっちゃんこ状態から考えたらだいぶ精神状態復活。聞き書きじゃなくても書けるか様子みますね。皆さま、お申し出ありがとうございました！

2014年8月5日
ともかくよく寝た。朝起きて、ハチミツカキ氷。氷キューブ3個プラスハチミツスプーン一杯の水分40グラム。美味しい。1:30くらいにマッサージをしてもらいながら4:30まで寝てしまった！(◎_◎;)医師が言っていた必要な休息だったようです。
これで少し復活できるといいのですが…頑張れるといいな。小林さんは進んでいますか？［小林さんは、下北沢の本の共著者の小林正美さん］

2014年8月5日
昨日のお客さんからご提案頂いたチューペットは、医師の許可が出て大当たり。昨日の深夜から愛好してます。10gくらいに切ってもらって2個か3個。
色々たくさんありがとうございましたp(^_^)q

9月末の誕生日目標はやめます

2014年8月7日
看護師長さんに、詳しく伺いました。わたしが、どれだけ生きられるかは、なかなか厳しい状態のようです。9月末の誕生日目標はやめます。
おおむね一ヶ月という気がします。本の本文と写真、束見本は見たいです。

2014年8月7日
この写真。ほんとは壁に貼ったものを見て頂きたく撮ったもの。皆さまのちょっとした心遣いで素敵なコーナーになりました。
(=´∀｀)人(´∀｀=)

2014年8月9日
今日も、友人が来訪。ちょうど苦しくて残念だったのだけれど腰や背中を温めるのを手伝ってくれました。うちの部屋は、花屋さん状態になりました。*\(^o^)/

文字入力は完成しました。ありがとうございます

2014年8月10日
皆さま 文字入力は完成しました。ありがとうございます＼ (^o^) ／
痛み止めの薬を増加させていることで、ハッキリと幻覚、幻聴が始まっていることに気づきました。
草間弥生の水玉模様が動く姿も見ました。やばいです。生きていても、間違えない写真選びが出来るかどうか！(◎ _ ◎ ;)
[ユリカさんは、とうとう下北沢についての自分の担当章の原稿を書き終え、あとは文献などの記述を残すのみとなりました]

2014年8月11日
本当に幻覚、幻聴が深まらないうちに聞き書き必要ですね。ご足労おかけするかもしれませんが、いらして頂いて可能なときに、どうぞよろしくお願いします *\(^o^)/*
昨日、休みをとったユースケと一緒にお花の整理。花瓶は増えずに小さい花瓶が並びました。ちょっと息苦しい時間がありましたが、なんとか

… 駅からS寺のあたり地図をご案内しつつの地図ができます。[S寺とは、ユリカさんが墓所として希望するお寺]

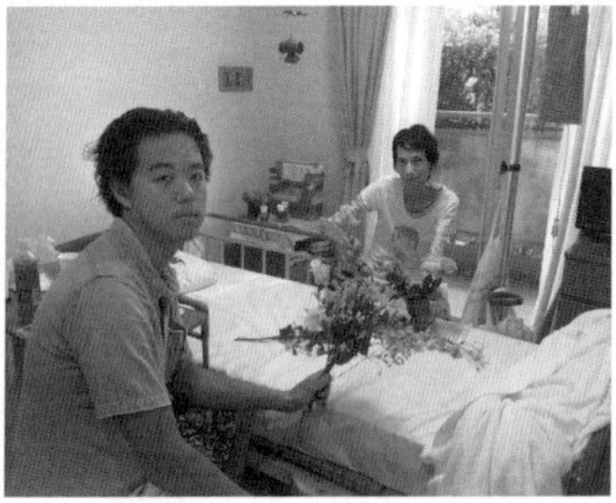

机の上にひつようなもの並べてみました。喉の渇き対策にガーゼを湿らせました。パパには急ぎズボンを履かせて下さい。削除か夢か…

2014年8月11日

いよいよ本格的な麻薬による朦朧状態が始まってしまいました。明後日、ユースケの誕生日に死ぬかもしないかもしれません。今日は、誕生日プレゼントをネットで約束していました。

人生最後の大きな買い物をリビングルームのテーブルと椅子にしました。ユースケが大のお気に入りのデザイナー、ジャン・プルーヴェの戦前の作品。色選びなど楽しみました。木の椅子は一生ものだとユースケ。わたしがいなくなったあとのリビングルームもイメチェンして一緒に喜べます。*\(^o^)/*

S寺のお墓も決まりそうです。

2014年8月13日

［ご主人のタカハシ氏と］

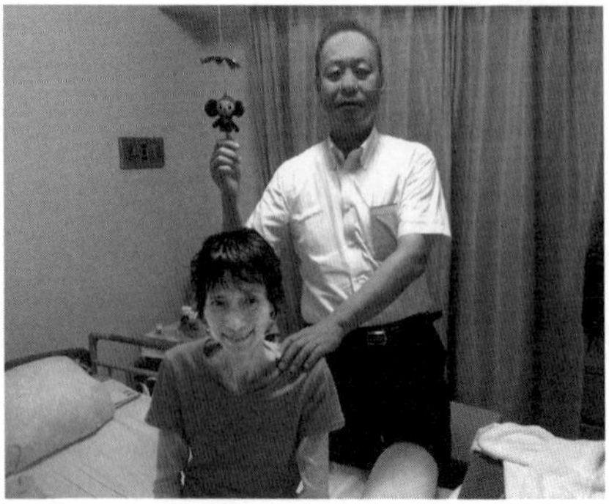

2014年8月20日

［高橋ユリカさんは、2014年8月20日早朝に永眠しました］

息子ユースケ君と（2014年7月20日）

あとがき ― ユリカさんに代わって

8月12日にはFacebookの「ユリカッチとわんこ部屋」に投稿し、短いコメントは8月15日の夜まで書き込んでいたユリカさん。8月13日に訪ねたときには、2時間程かけてこの本の目次の校正、写真選びを自分で行ない、そして言いました。「『あとがき』は短いのを私が自分で書くから、また聞き書きに来てね」と。

ところが8月18日に再訪したときにはユリカさんはすでに長い会話ができる容体ではなく、すぐに「バイバイ」と言って手をふりました。その手を握るととても冷たく「また来るからね」と言っても「もうだめ…」と小さな声でささやき、静かに首を横に降るのみでした。そして数時間後、この本の編集者Kさんと共に再び訪ねたときには「いい本を作りますから！」と言うKさんに「写真……（おそらく、自分の希望の写真掲載をよろしく、の意)」という一言を告げたのでした。

8月17日には、ユリカさんが脱稿したばかりの下北沢についての原稿を元に、デザイナーのWさんが書籍化の打合せのためユリカさんを訪ねていますから、8月20日の早朝に旅立つ3日前までユリカさんは仕事をしていたことになります。

後日、息子さんから、最後に入院した6月中旬の段階ですでに「いつ急変があってもおかしくない」と医師に告げられていたと聞いて驚きました。7月から8月にかけては「元気」で、大勢のお見舞い客と会い、執筆もしていたからです。松原アーバンクリニックでの約50日の執筆期間は、「書く人」が神様から与えられた奇跡の時間だったのかもしれません。ご主人いわく「決断と行動の人」である彼女はたしかに、最後まで驚異的な集中力をもって執筆に取り組み、「本を書く」という目標を達成させたのです。

ユリカさんとは最後の入院中、二人で一緒に点滴台をガラガラと押して周辺の散歩とおしゃべりを楽しみました。彼女は心地よい風に吹かれては「ああ、気持ちいい！」と喜びながら「今までいろいろな緩和ケア病棟やホスピスを取材してきたけれど、ここはどこよりもいいところで本当によかったわ」、「もっとこのクリニックで体験したこと、ここでの日常のことを書いて、未来につなげたいの」と言っていました。そのことに加え、この本の「あとがき」が書けなかったことは心残りであったかもしれません。しかし「こんなにたくさんの人たちに応援していただけて、本当に私って幸せ！」と繰り返しつぶやいていた彼女は、きっと「あとがき」でクリニックの先生やスタッフのかた、「ユリカッチとわんこの部屋」のメンバー、忙しい中、遠方からも駆けつけてくれた友人知人、愛する家族、そして人生で関わってくれたすべての人に御礼を言いたかったに違いありません。おこがましいようですが、ユリカさんに代わって皆様に心より御礼申し上げます。

ユリカさんは著書『病院からはなれて自由になる』のあとがきで、「『宇宙の遠い星へ遊びに行くんだ』と言っていたマユちゃんは、本当に病院からはなれて自由になった。自由になって、きっと宇宙を飛んでいる」と書きました。ユリカさんもいま、自由になって、長い手足を上手に使い、悠々と宇宙を飛んでいるのだと私は信じています。

2014年9月

「ユリカッチとわんこの部屋」の友人　福光阿津子

著者

高橋ユリカ　略歴（本人のホームページの情報をもとに作成）

1956年東京大田区多摩川沿いに生まれる。1975年早稲田大学第一文学部入学。在学中に交換留学生としてオレゴン州立大学に。卒業後、文化出版局でいくつかの女性誌の編集を担当したのちフリーライターとして活動開始。1992年に大腸がんを経験したことから医療に関心をもち、医学雑誌、看護雑誌に数々寄稿。その後、近代医療を考えることで川辺川ダム問題、水俣病問題に行き着き、自然環境、公共事業問題もテーマとして、多くの雑誌に寄稿した。さらに地域の暮らしと公共事業の取材を通じて地元の下北沢のまちづくりに関心をもち、市民が専門家と一緒に勉強し発信していく「小田急線跡地を考える会」を立ち上げ、2011年に「グリーンライン下北沢」（のちにNPO法人化）に名前を変えて代表をつとめた。

●主な著書

『キャンサー・ギフト　ガンで死ねなかったわたしから元気になりたいあなたへ』（新潮社、1995年）
『病院からはなれて自由になる』（新潮社、1998年）
『医療はよみがえるか―ホスピス・緩和ケア病棟から』（岩波書店、2001年）
『岩波ブックレット　誰のための公共事業か―熊本・川辺川ダム利水裁判と農民』（2000年）
『岩波ブックレット　よみがえれ、宝の海　有明海・諫早湾～不知火海・球磨川と漁民たち』（共著、2001年）
『川辺川ダムはいらない～「宝」を守る公共事業へ』（岩波書店、2009年）
『シモキタらしさ～「暮らしたい、訪れたい」まちのDNA』（小林正美と共著，エクスナレッジ社，2015年刊行予定）

■ 編集協力

西郷貴子
福光阿津子

がん末期のログブック

患者になったジャーナリストが書き込んだ500日

2014年11月10日　初版　第1刷　発行
定価：本体 1,800円＋税

●

著者
高橋ユリカ

●

発行所
株式会社プリメド社
〒 532-0003 大阪市淀川区宮原 4-4-63
新大阪千代田ビル別館
tel=06-6393-7727
fax=06-6393-7786
振替 00920-8-74509
URL　http://www.primed.co.jp

●

印刷
モリモト印刷株式会社

●

デザイン
吉岡久美子

ISBN978-4-938866-58-7　C3047